HERVÉ BAZIN

Le Neuvième Jour

ROMAN

GRASSET

Paru dans Le Livre de Poche :

VIPÈRE AU POING.
LA MORT DU PETIT CHEVAL.
LA TÊTE CONTRE LES MURS.
LÈVE-TOI ET MARCHE.
L'HUILE SUR LE FEU.
QUI J'OSE AIMER.
AU NOM DU FILS.
CHAPEAU BAS.
LE MATRIMOINE.
CRI DE LA CHOUETTE.
MADAME EX.
UN FEU DÉVORE UN AUTRE FEU.
L'ÉGLISE VERTE.
ABÉCÉDAIRE.
LE DÉMON DE MINUIT.
L'ÉCOLE DES PÈRES.
LE GRAND MÉCHANT DOUX.

Imaginaire malgré ses références à des faits connus, ce roman d'anticipation (proche) illustre une inquiétude qui a donné lieu à quelques congrès. On est prié de n'y reconnaître personne.

Pour le professeur Strullu,
chercheur,
de l'Académie d'Agriculture.

Pour le docteur Gabriac,
biologiste,
et pour Julien, notre commun
descendant.

Le biologiste ne considérera plus les formes vivantes comme des produits achevés de l'évolution, mais sera un partenaire capable de les transformer.

ROBERT WEINBERG.

L'extinction d'une espèce est un processus qui dans des délais variables a toujours été, semble-t-il, inéluctable, tout au moins pour les espèces les plus complexes... L'extinction d'homo sapiens n'est donc pas à exclure.

ANDRÉ BOURGUIGNON.

La science est-elle un monstre qui ne nous appartient plus et qu'il faudrait réapprendre à domestiquer ? Faut-il, dès lors, lui fixer des limites ?

LUC FERRY.

I

J'irai après-demain soir chez le notaire.

Il le sait. Je l'ai rencontré récemment à la sous-préfecture. Me Logouet n'a rien du bon gros tabellion des familles qu'était encore son père. C'est un homme d'affaires, peu familier, dénué d'humour et si mince, si long qu'il ne peut vous parler sans pencher vers vous une tête lisse de chauve. Aucun de ses enfants n'ayant voulu, dit-on, hériter de son panonceau, il a toujours l'air d'être désolé de ce qu'il est et de ce qu'il fait avec une intraitable compétence. Par ma grand-mère maternelle je suis vaguement son cousin, mais c'est la paperasse des ventes, successions, contrats, qui nous amène à franchir les portes capitonnées de son étude.

Il sortait de je ne sais quel bureau quand il m'a aperçu dans le hall et de son grand pas raide m'a rattrapé à la sortie :

— Quelle mine, Eric ! Vous maigrissez à vue d'œil. Vous vous rongez. Je sais bien que la notoriété n'efface pas les deuils...

La langue des clercs lui envahit la bouche pour ajouter :

— Deux donations entre vifs n'ayant joué ni l'une ni l'autre au bénéfice de la femme, c'est aussi triste que rare.

Tirant un trait blanc, très haut, un avion partageait le ciel en parts inégales, comme l'avait été ma vie.

— Je ne signerai plus rien de ce genre, fis-je à mi-voix.

Mais je viendrai chez vous prochainement déposer une petite enveloppe qui contient mon testament, refait, et une grande renfermant des documents qui seront à remettre au directeur du Centre, après ma mort.

— J'ai soixante ans, reprit Me Logouet, et vous en avez quarante-cinq. Vos enveloppes, ce n'est pas moi qui m'en occuperai, mais mon successeur.

De lui, de moi, le plus mortel est-il celui qu'on pense ? disait avec emphase un héros de théâtre. Comme on m'offrait, sur le trottoir, une poignée de main molle, un fourgon funéraire — un de plus — roulant doucement sous un monceau de couronnes laissa tomber dans son sillage quelques pétales de rose.

— A bientôt, donc ! fit Me Logouet.

Tandis qu'il s'éloignait, je regardai ma montre qui fournit l'heure, le jour, le mois. Fin novembre, fin mai : un semestre, tout juste, s'était écoulé depuis le passage de la comète, depuis le début du drame.

II

Dix minutes d'attente, toutes lumières éteintes, dans la pièce contiguë à la terrasse, afin de nous habituer l'œil, c'est la règle. Pour moi, dix minutes de rumination, à bouche cousue, sur mes récents déboires. Silencieux — ce qui n'était pas nécessaire —, l'oncle, la fille et moi-même restions immobiles comme les meubles assignés, eux, à résidence sur leur lot de parquet.

— Qui a oublié d'enlever sa montre-bracelet ? fit soudain l'oncle à l'adresse d'un cadran lumineux.

C'était moi, pas fâché d'être fautif, donc présent. La montre s'éteignit dans ma poche juste au moment où sa mince sonnerie nous permettait de sortir. A l'écoute de nos souffles nous avons encore laissé filer trente secondes, puis nous sommes passés sur la terrasse, saisis par la fraîcheur. Farauds, bien sûr ! Là où longtemps nous ne pouvions braquer qu'une modeste lunette, trône maintenant notre *Célestron,* installé à l'intérieur d'une coupole d'acier inox que le petit doigt suffit à faire tourner sur les trente roulettes disposées sur son rail.

Narines ouvertes et pupilles rétrécies, ce qui se fait d'abord, c'est l'examen des alentours. Chance médiocre ! Pas de Lune. Pas de nuages. Mais, plutôt que le jais, le ciel rappelait le papier carbone usé : trop d'ampoules de veillée, mal étouffées par les persiennes, accusaient le bourg. Dans le val traînait une brume basse qui risquait de monter faute d'un petit gel qui en fasse du givre.

— Oncle Jé, la rosée, ça craint ! souffla Bérengère.

Elle avait déjà remonté la partie basse de l'obturateur

de coupole et, doucement, pour éviter le bruit de ferraille, orientait l'ouverture.

— Le pare-buée suffira, dit l'oncle. Plus besoin, comme avant, de poser un cornet de papier buvard ou de ventiler au sèche-cheveux.

Bougon, je pensais au train de sept heures, à la comparution, aux arguments qui ne convaincraient sans doute pas les timorés de la Commission.

— Décrispe-toi un peu ! marmonna l'oncle dans mon dos.

Et tout haut :

— Une observation à la va-vite, ce n'est pas très raisonnable, mes agneaux.

En effet. Mais l'annonce des coordonnées faite au télé-journal par un fan du club Uranie et la confirmation d'un autre amateur, mieux placé que nous dans sa Maurienne et témoignant de la chose pour l'avoir contrôlée, ne nous permettaient pas d'aller au lit sans l'avoir, nous aussi, repérée : dans Pégase, disait-on, entre Markab et la spirale barrée qui se trouve à trois degrés, juste en dessous. Ça ne relevait pas de l'exploit. Dans la coupole Bérengère chuchotait :

— Tu me laisses faire.

Pas d'objection. Un *Célestron 14* — acheté à crédit, sans enthousiasme de la part de ma femme, parce que tout de même, accessoires compris, ça vaut le prix d'une voiture —, voilà pour un fouilleur de firmament de quoi toiser les autres. Ordinateur, mémoire, peu de manipulations, recherches raccourcies, c'est le pied ! Pour qui en maîtrise l'usage, bien sûr. Mais très tôt ma fille a disposé d'une patience têtue, de mains habiles. Familière du planiciel, des éphémérides, elle connaît la géo de là-haut peut-être mieux que celle d'en bas. Elle se débrouille très bien toute seule et des « parties de cosmo », il arrive que, sans moi, elle en organise, avec Georges, Marie, Laurent, Adèle, Isabelle et autres élèves de terminale. Le regard rivé au chercheur réticulé elle faisait :

— Ce doit être par là...

Un léger sifflement traversait la brèche de ses dents.

Debout derrière elle dans cette nuit si dense que son seul parfum, chipé à sa mère, témoignait d'elle, je comptais machinalement mon pouls qui est lent et, à soixante coups, contrôle la minute.

— Ne te tarabuste pas. Tu les mettras dans ta poche, marmonnait encore l'oncle.

Un train lointain m'agaçait aussi le tympan. Des pépiements de moineaux engourdis émanaient d'un massif de bambous qui leur sert de dortoir. Un battement de plume molle passa. Un cri aigre traversa la campagne où se diluait une insistante odeur d'engrais. Une autre chouette répondit, perdue dans une masse charbonneuse de branches au-dessus de quoi se figeait le grand dôme surpeuplé de scintillements froids. Dans ce fouillis, pour tant de gogos divinatoire, un satellite filait d'est en ouest, fausse étoile faisant la nique aux vraies, clouées à leur place. Je clignais. Je saluais les vieilles connaissances. Je m'obligeais au test millénaire d'acuité visuelle... Bon ! J'étais encore capable de séparer, dans l'Ourse, Alcor de Mizar, de voir deux étoiles là où un myope n'en verra jamais qu'une. Mais Bérengère s'exalta :

— Je la tiens !

Elle s'effaça, me laissant l'oculaire. A vrai dire, ce qu'il y avait à voir, ce n'était presque rien : si peu de chose que, pour les incurieux, ce microbe céleste eût semblé dérisoire. Mais ce point lumineux, il était prolongé par une mince raie blanchâtre et tous les grands instruments disponibles de l'hémisphère devaient être braqués dessus. Une *chevelue*, immobilisée à nos yeux par la distance, alors qu'elle faisait à vive allure du tourisme dans le vide ! Une comète qui d'après les calculs ne s'approcherait guère, n'exhiberait pas de queue spectaculaire, mais arrivait toute nouvelle de la grande banlieue solaire en faufilant son insolite, son insolente errance parmi les grands machins solennels du Zodiaque ! En dehors des pros étions-nous cent dans l'Hexagone à l'avoir cherchée, trouvée, à faire partie en somme de son comité d'accueil ? Maigre mérite, certes ! Rien de comparable avec celui du petit comptable japonais découvrant tout seul cette autre comète qui porte aujourd'hui son nom. Je ne me sers pas assez de mon engin. Travaillant dans le regard court, j'ai moins de chances dans le regard long. Voyeur professionnel dans l'infiniment petit, j'ai peu de temps pour me reposer du microscope en passant au télescope et contempler ce qui n'est, en fait, que des miniatures de l'infiniment grand.

— A combien file-t-elle ? demanda Bérengère.

— Une comète, fit l'oncle, s'emballe à l'arrivée. Vingt à trente kilomètres-seconde, c'est le moins qu'elle puisse faire, tandis que sous tes pieds — compare ! — le continent se déplace à la vitesse de pousse de tes ongles.

Assez prof à l'usage de sa filleule, l'oncle peut s'allonger. Mais le vent se levait, rêche, poussant une masse opaque qui, au ras de l'horizon, noir sur noir, escamotait déjà vers l'ouest les plus basses étoiles. Il n'était pas question de prendre une photo. Il ne l'était pas non plus d'aller faire notre tour habituel dans le Cygne que nous nous sommes attribué comme zone de surveillance.

— On rentre, proposai-je.

L'électricité nous a un instant éblouis. Vers nos chambres nous avons traversé le couloir qu'honorent, en posters couleur, la nébuleuse de la Carène, Andromède, Saturne vu par *Voyager* ou l'amas globulaire du Serpent. Nous marchions sur la pointe des pieds. Arrivée devant sa porte, Bérengère a d'un coup de tête fait voltiger ses cheveux et avoué tout à trac :

— Tu sais, Papa, je suis de l'avis de Maman. Laisse tomber : j'ai peur.

— Je reste du mien, dit l'oncle lorsque d'un tour de jupe la petite se fut éclipsée.

Il parlait naguère en maniant l'air des deux mains. Depuis son attaque, bien qu'il s'en soit remis, il ne se sert plus que de la droite et une gêne dans la mâchoire le fait postillonner. Il ajoutait :

— Mais, excuse-moi de rabâcher, dans l'affaire qui te préoccupe, ne sois pas trop carré. Tu as raison de défendre ta recherche. Tu ne peux pas t'étonner des réticences de l'administration. Au besoin lâche un peu...

Nous nous sommes séparés, lui tirant le bon pied, raclant de l'autre. Comme il m'arrive assez souvent, quand ça ne va pas, je suis descendu furtivement dans la salle m'incliner devant le portrait de la jeune femme, dispensée de vieillir, qui veille sur la cloison entre les deux fenêtres. Elle qui n'a pas changé, me reconnaîtrait-elle aujourd'hui ? Je suis remonté pour pénétrer avec précaution dans ma chambre. La veilleuse dessinait deux pâles auréoles : l'une sur le chevet, l'autre sur le plafond où court dans le plâtre une légère fissure. Nadège dormait ou feignait de dormir. Je me déshabillai sans bruit, laissant tomber mes vêtements en tas sur la moquette. La chair de poule me hérissait le poil des cuisses quand j'enfilai mon pyjama pour me retrouver dans les draps.

Et pour m'y retourner longuement, cherchant le sommeil sur le côté droit ou le côté gauche, comme c'était prévisible. Je restai au moins une demi-heure, peut-être plus, à écouter de faibles craquements de meubles. Je n'osais prendre un cachet, à cause du train. J'essayai la vieille recette : me raconter une histoire. Quelle était donc cette petite laborantine qui, voilà vingt ans, dans un premier labo, travaillait avec moi ? Rajeunissons. Avouons que je n'avais aucune envie de coucher avec elle. Sylviane ? Sylvie ? A la piscine, ça, je m'en souviens, chacun remarquait qu'elle avait un sein plus gros que l'autre. Seule complicité entre nous : chargés de l'animalerie, plus fournie que mon actuelle, nous prenions en pitié un épagneul livré par la fourrière, en déplorant que le rein de chien soit souvent requis pour une culture...

L'histoire a pris. Le rêve a suivi. Nous sommes devant la cage du chien, nous lui donnons du sucre...

— Libérez-le ! Libérez-le ! crie-t-on derrière nous.

Les portes étanches viennent d'être enfoncées et voilà que se ruent dans l'animalerie des envahisseurs hurlant *Gaia ! Gaia !* Je connais. Rien à voir avec la vieille déesse, mamie de Zeus. Gaia, c'est l'ardente, c'est l'honorable société de secours aux cabots et autres animaux menacés du scalpel. Les Gaiens ne détestent pas l'action directe. Ils ont mis à mal quelques officines où l'on se souciait modérément des tortures de la vivisection... Armés de barres de fer, ceux-ci fracassent le mobilier, la verrerie d'expérience, les vannes de sécurité. Ils ouvrent les cages ; et les souris, les cobayes, les macaques, les furets, les rats, les clébards, dans un grand crissement de griffes, dans un concert de cris et de claquements de mâchoires, dans l'odeur composite de leurs diverses crottes, s'enfuient de tous côtés. Et la fille affolée, Sylviane ou Sylvie ou Sylvette, réfugiée contre moi qui n'en profite pas, s'époumone en vain :

— Vous êtes fous ! Ce sont des bêtes d'essai, bourrées de virus. Elles vont les distribuer au monde...

Mais quoi ? Qu'est-ce ? Où sommes-nous ? Quelle est cette sonnerie qui me scie les oreilles, qui s'arrête, qui reprend de plus belle ?

Le cou mou, les mains gourdes, les paupières mal décollées, je me retrouve assis sur du moelleux. Sur un lit. Sur mon lit. La sonnerie, imbécile ! c'est celle du sans-fil souvent accroché de jour à ma ceinture et glissé de nuit sous le traversin. Lumière ! Les yeux me piquent. Nadège vient d'allumer et lance, trop haut, en regardant la pendule dont la grande et la petite aiguille sont pointées sur le même chiffre :

— Trois heures et quart ! Quel est le salopard qui ose t'appeler à pareille heure ?

— Le salopard, c'est moi, répond l'appareil dont le bouton haut-parleur est enfoncé. Moi, Tony. Pardonnez-moi, Nadège, il y a urgence.

Parmi mes collègues ou mes proches il n'y a qu'une voix capable de mélanger la gouaille et l'autorité, l'accent wallon et celui du Middle West ; et cette voix, compte tenu des rapports que j'entretiens avec elle et du programme qu'elle pourrait me dicter, je n'ai pas vraiment envie de l'entendre. Elle insiste :

— Allô, Eric ! J'imagine que, fervent de la comète, vous vous êtes couché tard. Mais vous n'aurez pas besoin, comme prévu, de vous lever tôt. Vous m'entendez ?

— Je ne fais que ça, Tony.

Aimablement sec, le ton. Nadège observe, sourcils froncés, le tas d'affaires d'un mari négligent qui aurait dû se servir du valet-de-nuit.

— Chambardement dans l'agenda, reprend le patron. Vous deviez partir pour Genève... N'en faites rien. D'accord avec vos censeurs qui m'ont, moi aussi, arraché à mon oreiller, toute discussion est repoussée. Je manque de précisions sur ce qui se passe à Bombay, mais l'épidémie qui s'y serait déclarée vous concerne au premier chef. Rendez-vous sans faute au bureau à neuf heures pile, s'il vous plaît. Je crains que demain soit un vilain autre jour...

— Donnez-moi plus de détails...

Tony a déjà raccroché. Tandis que je remets l'appareil en place sans trop savoir quoi penser, Nadège sort un bras. Elle éteint. Dans la pièce d'à côté l'oncle ronfle avec ardeur. Un volet bat quelque part, disant que le vent s'est levé. Sous moi un ressort du sommier bourdonne un fa.

— Si tu ne pars plus pour Genève, dit Nadège au bout d'une minute, dois-je comprendre que cette épidémie, de toute façon, t'oblige à différer tes recherches pour t'occuper exclusivement d'elle ?

L'espoir est dans sa bouche comme la perplexité dans la mienne. Mais une autre explication est possible qui me conviendrait davantage :

— Il n'est pas non plus interdit de penser que les responsables se ravisent. On ne peut guère, en face d'une épidémie, annoncer qu'on annule une recherche entreprise pour la contrer.

Nadège soupire. Puis le silence épaissit la nuit.

III

L'oncle ne pourra rien faire dans la boue du jardin. Il ne pourra pas s'asseoir sur le banc circulaire du tilleul. Il pleut depuis l'aube. Bérengère a pris le car de ramassage scolaire. Ma femme et moi, dont les heures de service aujourd'hui coïncident, nous roulons. Nous avons franchi la frontière, puis la Semois qui dans le coin lui est plus ou moins parallèle et, comme elle, se tortille à travers la forêt. Molle confusion de gris mouvants, brouillard en loques, nuages clairs glissant sous de plus sombres, agitation de cimes dépouillées balançant de vieux nids ancrés aux enfourchures : le décor est de saison. Le goudron luit par endroits, tandis qu'ailleurs se délaient de longues traînées de boue ocre laissées par les charrois de grumes. Nos pneus en tirent de quoi pulvériser derrière nous ce dont nous gratifiait si fort le camion qui nous précédait que j'ai préféré lui laisser prendre du champ. Nadège regarde sa montre :

— On se traîne, on va être en retard.

Là où j'exerce, les contraintes de la prudence sont telles qu'elles me suivent partout. Des trente kilomètres — quinze en deçà, quinze au-delà du pointillé franco-belge qui sépare mes deux vies : la familiale et la professionnelle —, je connais chaque tournant et je m'en méfie comme, au labo, de la moindre fiole qui traîne. Aujourd'hui plus que jamais. Je me sens aussi incertain de ma tête que de mes bras. Cette route, sais-je vraiment à quoi elle me conduit ? Nadège se tait. D'ordinaire elle tourne vers moi un menton engageant, elle fait des commentaires, elle m'en soutire aussi quelques-uns... Cette fois, motus ! Ce n'est pas facile pour elle, j'en conviens, de rouvrir la bouche après les propos plutôt rudes que je lui ai tenus en me rasant, barbouillé de crème et furieux qu'elle soit revenue à la charge en souhaitant une fois de plus l'arrêt de nos travaux :

— Eric, je cesserais enfin de trembler.

Cri du cœur, qu'il est odieux, certes, de rembarrer ! Nos recherches, ni vraiment soutenues, ni vraiment désavouées, comme tant d'autres, j'admets bien qu'elles aient des détracteurs : rivaux en mal de crédits, doctes à la recherche d'auditeurs, responsables — comme Tony — aux ordres de leurs mandants. Mais que ma propre femme se range de leur côté, qu'elle ne s'en cache pas, même au Centre, qu'on l'y approuve, qu'on y utilise sa tendresse effrayée, voilà qui me hérisse.

A mon côté, réfugiée derrière sa ceinture de sécurité, gênée, mais point confuse, regardant vers la droite où défilent des troncs et encore des troncs plantés dans une fauve abondance de fougères fanées, elle se mordille un doigt, elle remue une jambe et enfin se décide :

— A propos as-tu des nouvelles de Martin ? Quelle idée de prendre brusquement une année sabbatique !

Martin Lansdale, mon adjoint, fait peu de confidences et je n'attends pas de lui des cartes postales. Il ne parle jamais de sa vie privée dont pourtant nul n'ignore qu'elle est mutilée depuis son divorce et l'attribution de ses filles à son ex-femme, remariée au Québec. Longuement différé, je crois, le départ de ce tourmenté — le meilleur élément de l'équipe —, c'est à l'évidence une protestation. On m'a laissé entendre qu'à la direction certains auraient murmuré : *Bon vent ! Celui-là, il était capable de passer outre.* D'autres seraient allés plus loin : *Nous ne le reverrons pas. Il a un an devant lui pour se faire recruter par un pays moins strict.*

— Il neige déjà au Canada, reprend Nadège, et s'il est allé voir ses filles, Martin pourra skier dans les Laurentides. Au fait, comment s'appelle maintenant son ex-femme ?

— Mme Vadeboncœur : c'est un nom québecois qui ne décrit pas vraiment son caractère.

Echange bénin pour rafistolage. La voiture grimpe une longue côte sur un film d'eau sale qui la redescend. Plus haut le vent torchonne le plateau, dégage un peu de cet horizon de taillis et de ronciers où l'Ardenne abrite ses sangliers. Un kilomètre de plus et nous voilà délivrés du camion qui bifurque vers le hameau résidentiel dont l'averse relave et fonce les toits d'ardoise de Fumay. En face (sagement installé en rase campagne par des architectes qui se sont souvenus du désastre de Sverdlovsk, alias Ekaterinbourg, où périrent les Romanov et où un labo militaire soviétique, en explosant, fit une hécatombe) apparaît le quadrilatère du Centre. Au bout de leurs mâts pendouillent, trempés, lamentables, les drapeaux des Etats membres dont la seule couleur absente est le violet. La première enceinte de treillage, à crête oblique, clôt dix hectares de prés maigres tondus à ras par des moutons de plein air, présentement transformés en éponges. Identique, la seconde enceinte enserre de près l'esplanade et les bâtiments blancs du C.E.V. : sigle que nous prononçons sève et que seuls les en-têtes d'imprimés appellent plus pompeusement *Centre Européen de Virologie,* tandis que les échotiers parlent de la *Termitière* en raison de son grouillement d'activités qui leur semblent obscures. Encore plus soucieuse que d'habitude, Nadège s'interroge :

— Rien au journal parlé, ce matin... Serait-ce une fausse nouvelle ?

A la porte 1, dans leur abri vitré, louchent deux vigiles en uniforme gris que je vois tous les jours et à qui je n'ai jamais parlé. Ma télécommande ne suffirait pas si la leur n'était pas d'accord. Les vantaux coulissent devant nous, puis se referment pour contrôler qui nous suit. A la porte 2, mêmes façons. Enfin libre d'avancer, de plonger dans le garage souterrain auquel nous donnent droit mes fonctions, j'érafle une fois de plus le mur spiral de la descente. Nous ne sommes pas en avance, il s'en faut. Les boxes sont presque tous occupés et dans le hall, où l'ascenseur nous remonte, abondent les manteaux mouillés. Ai-je tort de me croire suivi par d'insistants regards, de supposer connu de certains ce dont je dois être informé ? Les coups de menton, les petits signes de main restent conformes à la réserve de collègues capables de disputer des nuits entières quand ils se reçoivent à domicile, mais pour qui, au Centre, le silence semble faire partie de l'asepsie. Aussi puis-je m'étonner : l'un d'eux, me frôle, me dépasse et sans s'arrêter retourne la tête et lance :

— Come on, do your stuff, now !

De quoi faut-il faire preuve ? Le bonhomme, vieux virologiste irlandais, comme beaucoup formé aux Etats-Unis, jouit d'une réputation moins grande que sa taille, qui le fait plafonner à près de deux mètres grâce à d'interminables jambes dont il traîne les pieds, de pointure assortie. Il s'éloigne, un petit rire en fond de gorge.

— Téléphone-moi dès que tu sauras tout.

Secrétaire trilingue, la seule qui sache traduire, parler, rédiger et au besoin se taire en anglais, espagnol et allemand, Nadège est fort capable d'en apprendre plus que moi sur les intentions de Tony à mon égard. Hissée par ses talons, qui la font légèrement balancer des hanches, elle s'en va, picotant le carrelage de la galerie B. Avant d'honorer mon rendez-vous il serait peut-être judicieux de consulter le tableau d'affichage... Mais non ! Du fond de la galerie C accourt une hôtesse qui vient poser une main sur mon bras et, tout essoufflée, me lâche :

— Docteur Alleaume ! M. le Directeur vous attend dans le petit salon près de la salle de presse où arrivent, fax sur fax, des nouvelles de l'épidémie de Bombay.

IV

Tony Millesond n'est pas le fondateur du C.E.V., mais le successeur de Karl Homberg, un Bavarois qui a mené à bien l'entreprise, réussite notable — comme le C.E.R.N. — parmi d'autres ébauches d'institutions européennes. Karl l'a dirigé durant trois ans avant de mourir d'une façon insolite : foudroyé par un infarctus sur le siège des toilettes. La nouvelle direction n'encense pas trop son souvenir et laisse entendre qu'en haut lieu Homberg n'a pas joui d'unanimes regrets. Je l'aimais bien, moi, malgré un discours parfois embroussaillé comme sa barbe et quelques accès de caporalisme. Il privilégiait la recherche, le bel équipement, le recrutement de collaborateurs insignes dont il ne voulait pas douter qu'ils aient à cœur de respecter la déontologie. C'est lui qui, malgré les peureux, a doté le Centre de laboratoires sophistiqués, y compris du nôtre, le plus discuté, le plus strict, dit *H.S.* (haute sécurité) par les uns, *Spécial* par les autres et capable de parer au risque maximum : il n'en existe pas dix exemplaires au monde.

Avec Millesond, Liégeois naturalisé américain, puis redevenu belge, les choses ont changé. La recherche ? Oui, bien sûr. Mais concertée, dirigée, étroitement encadrée, immédiatement utile si possible, soucieuse de mériter les subventions des Etats membres. Pour lui, rivaliser avec les grands instituts nationaux, ce n'est pas notre rôle qui, moins inventif, serait plutôt distributif. Regrouper les disciplines, les secteurs divers de la virologie, offrir des stages aux jeunes techniciens, assurer —

au juste prix — les vaccins nécessaires aux pays qui n'en fabriquent pas, voilà du charitable. Et du rentable. Quant au reste, dans la bouche de Tony, le célèbre conseil, *Cherchez d'abord ce que d'autres ont trouvé,* serait à peine une boutade.

— Un marchand ! Il ne tiendra pas ici, grommelaient dans les couloirs les anciens, habitués à la « sage indépendance » dont Karl se prévalait pour attirer des recrues.

Porté par la vague de trouille soulevée par le discours écolo, Millesond en a rabattu un peu. Très peu. Les mois passant, on s'est vite aperçu que ce gringalet aux yeux gris, aux cheveux gris, aux costumes gris, si maigre que la balance ne doit pas lui accorder plus de cinquante kilos, pèse lourd à Genève comme à Rome, à Paris comme à Berlin. On savait qu'il avait travaillé au *Center for disease control,* puis à *Collaborative Research.* On savait qu'il parlait cinq langues : atout considérable dans nos tours de Babel. On ignorait la somme de relations et le niveau d'habileté qui lui permettent de satisfaire les contradictions d'une douzaine de ministères éparpillés sur le continent. Ses prêches, ses notes (*étiquetant l'éthique,* disait Martin), son intrusion dans le domaine chéri de nos publications lui ont aliéné maintes sympathies. Mais enfin il gouverne...

— A l'insatisfaction générale de ceux que sa prudence oblige à l'approuver ! dit drôlement Nadège.

Pour ma part, évidemment, dès le cocktail de bienvenue où, verre en main, regard papillonnant de l'un à l'autre, il trouva moyen de pointer le nez dans ma direction en faisant allusion à son rôle de modérateur des *démiurges de l'éprouvette,* je m'attendais à des ennuis. Ils vinrent. Pas tout de suite. Dans succéder il y a céder : à ce que vous transmet votre prédécesseur, surtout quand il s'agit d'une équipe qui progresse vers son objectif et qui mériterait d'être plutôt félicitée. Bloquer net, non. L'obstruction lente du désaccord désolé, la référence aux divinités administratives, l'embauche de collègues capables de s'inquiéter en chœur au moment où nous-mêmes n'étions pas si tranquilles, voilà qui convenait mieux ; en attendant le retrait d'agrément relevant de plus hautes instances.

Quand la demande de renouvellement lui fut faite, comme ça, dans une conversation, il me parut très malheureux. Mon Dieu ! Un oui lui eût arraché la langue. Un non la laissait tourner dans sa bouche, étant donné l'enjeu. Il ne pouvait d'abord qu'éluder :

— C'est l'affaire de la Commission, Eric.

Le lendemain, lui parvint la demande écrite, à transmettre. La réponse, croyais-je, allait traîner. Erreur ! Millesond, pour en discuter, nous invita, Martin et moi, aux *Armes de Bouillon,* bon restaurant de la ville de Godefroy situé en face de la gendarmerie. Mais il n'y vint pas seul. L'accompagnait la véritable puissance invitante, un quinquagénaire d'allure effacée et réussissant bien à cultiver cette apparence tant que son regard ne heurtait pas le vôtre : le professeur Binch, de Bâle, virologiste de réputation mondiale, président de la Commission, jusqu'alors jamais rencontré, hormis en photo au milieu de ses pairs. Malgré mon amitié pour le chevreuil vivant j'appréciai avec lui une gigue aux écrevisses et une parlote intelligente traitant de choses et d'autres, soigneusement non professionnelles. Certes, je ne doutais pas d'être, au café, troublé dans ma digestion. Ce fut en effet en laissant tomber deux morceaux de sucre dans sa tasse que Tony attaqua :

— Trois heures dix ! Je ne voudrais pas abuser du temps de Mr Binch. Vous avez bien compris que, pour vous répondre, lui et moi, nous sommes extrêmement embarrassés. Nous ne voulons pas courir de risques...

Martin, déjà, faisait craquer ses doigts :

— Allons, Tony ! Qui n'ose rien ne fait rien. Quand Jenner, après le cow-pox, inocula froidement la variole à son premier sujet, il en prit des risques ! Autrement graves et pourtant exemplaires...

— S'il n'avait pas fait d'essais préalables, il connaissait l'immunité des vachers.

Mr Binch ne disait rien. Tony reprit :

— Excusez-moi, je vais me répéter. Je vais citer une fois de plus l'avertissement de Sinsheimer : *Rien ne nous compromettrait davantage que s'il se produisait une épidémie à proximité de notre institut.* Or j'ai bonne mémoire : ça s'est produit ailleurs, hélas ! dans le domaine viral comme dans le domaine bactérien. Dois-je vous rappeler qu'en 1978, à Birmingham, Henri Bedson, un chercheur estimé de ses pairs, bricolait de gentils virus de la variole du singe soupçonnés d'être transmissibles à l'homme. Ils lui ont échappé. Résultat : un homicide génétique par imprudence miraculeusement limité à deux morts... non compris Bedson lui-même qui, déshonoré, désespéré, couic ! s'est tranché la gorge.

— Il était mal équipé, ce qui n'est pas notre cas, dit Martin.

— Et le bricolage, nous ignorons ça ! ajoutai-je, offensé.

L'affaire Bedson ! Rappel gênant, certes. Très mauvais exemple. Qu'avions-nous à voir avec ce malheureux trahi par un conduit de ventilation ? Mais encouragé par le silence de Mr Binch — et peut-être pour l'édifier — Millesond insistait, nous chantait le grand air de l'apprenti sorcier :

— Et si ce n'était que ça ! Des accidents, des bévues, je peux vous en rappeler des dizaines. J'en cite quelques-unes au hasard, en vous laissant, par charité, mettre des noms dessus. Quel brave savant, pour protéger des plantations, a lâché dans la nature deux lapins auxquels il avait inoculé la myxomatose ? De quoi donc est mort un biologiste britannique au Centre d'études de Porton ? Et de quoi ce malheureux assistant d'un grand patron travaillant sur le virus de Lhassa ? Qui a introduit un virus de macaque dans une bactérie courante de l'intestin de l'homme sans se soucier de ce qui adviendrait si elle regagnait ses pénates ? Qui a tripoté le gène de l'hormone de croissance pour essayer d'obtenir des lapins gros comme des chèvres, des moutons gros comme des bœufs : bref, des monstres ? Quel fou a osé se demander s'il existait des virus ethniques ne contaminant qu'une variété de population et dans quel but ? Je pourrais continuer, j'arrête, je ne vous parle pas de légendes comme celle de Fort Dietrich...

— Elle est absurde, dit Martin. Le sida est africain et

ses variantes prouvent qu'il est plus ancien qu'on le croyait.

— L'hypothèse de la manip folle vaut ce qu'elle vaut. Reste que le sida a d'abord été identifié aux U.S.A. et que les avis sont partagés sur son origine. Le professeur Lamontagne a retenu votre thèse. Mais un jour je lui ai posé carrément la question : *Dites-moi, professeur, le virus du sida, aurait-on pu le créer de toutes pièces ?* et il m'a répondu : *Ça, mon ami, c'est autre chose et franchement, oui, les moyens actuels le permettraient.*

Silence. Sujet tabou. La vérité là-dessus est passionnelle et le soupçon insupportable pour tout porteur de blouse blanche. Une erreur à l'origine du massacre ? Tant qu'à faire, je lui préférerais l'horreur, le crime militaire dont certains des nôtres proposent encore le film noir à épisodes : recherche d'armes bio avant 72 ; inoculation — à Fort Dietrich ? — de condamnés à perpétuité sous promesse de libération en cas de survie ; nombreux décès ; grâce pour quelques épargnés ne semblant tels que par ignorance de la longue incubation du sida ; contamination des homos, des bissexuels, des hémophiles, des transfusés, puis des femmes et des enfants ! Depuis longtemps Satan n'aurait rien inventé de mieux.

Mr Binch s'était contenté de hausser une épaule. Ayant avec ses collègues sûrement pris une décision, il laissait Tony la justifier, l'enrober de considérations.

— Avouons, continuait-il, qu'on a fait un peu n'importe quoi. Nous avions réagi, un moment, contrairement aux gens du nucléaire qui se sont toujours couchés devant les politiques. Le moratoire, c'était bien. Mais il n'a pas duré. Avides, les sponsors surabondent. Naïfs, les règlements sont lettre morte dans les pays qui s'en moquent. Nobel au bout, allons-y pour la gloire ! Brevets en perspective, allons-y pour le fric ! Au Centre même, peuplé de chercheurs de haut niveau, je ne cesse de me tourmenter. Quand je vois Artélian, votre homologue, se servir d'un virus, censé inoffensif, pour convoyer un gène dit guérisseur dans une cellule où il doit faire merveille, mais peut aussi déclencher un cancer, j'ai tort, paraît-il, d'avoir froid dans le dos. Avec vous, itou ! Vos résultats sont remarquables. Mais leur poursuite exige un nouvel agrément qu'en haut lieu ils tremblent de signer...

Ils ! Les biocrates. Ceux de Bruxelles. Ceux de l'O.M.S.-Europe cantonnés à Copenhague non loin de la Petite Sirène. Ceux de l'O.M.S.-Monde installés chez les Suisses tout près des canards du Léman. Leur pouvoir, en principe limité à de simples observations — pressantes, il est vrai —, s'affirma dans la bouche de Mr Binch qui, parfait bilingue, intervint enfin :

— Laissons cela. Résumons la situation. Calmement. Vous êtes, docteur Alleaume, un spécialiste de la grippe dont le virus est si variable qu'il nous oblige sans cesse à changer de vaccin. Or il faut cinq ou six mois pour le mettre au point et le produire. Dans l'intervalle, si le mutant est dangereux, on peut donc assister — comme en 1918 — à un massacre. Or nous savons que la résurgence est très possible. Malgré certaines publications l'attention du public envers ce problème, occulté par d'autres, n'est qu'intermittente ; celle des chercheurs n'est guère plus soutenue. D'où, votre démarche, hautement louable. D'où, votre recherche d'un vaccin préventif dans tous les cas possibles. Bien qu'étroites, plusieurs voies sont ouvertes. Vous les avez patiemment explorées : celle de l'expression de l'A.D.N. pur dans le tissu musculaire, notamment. C'est le recours au gène d'une protéine du noyau, non affecté par les mutations — donc ce qui reste d'invariable dans le variable — qui a eu votre faveur.

Buvant mon café, à petits coups, tandis que le sien refroidissait, j'admirais le bonhomme, filant de la phrase. Comme pour le soutenir, ses mains étaient fermement posées sur la table et la droite amputée de la moitié de son petit doigt m'attendrissait l'œil en ébréchant son sérieux. Il continuait :

— Vous avez donc battu le rappel des plus méchants comme des plus anodins virus grippaux qui, depuis un demi-siècle, sont cultivés ou archivés par la congélation. Grâce à son exhumation imprévue en Alaska, vous avez même disposé d'une terrifiante relique : le tueur de 1918 retrouvé sur les cadavres gelés, enfouis sous un tumulus de neige, de deux membres d'une expédition arctique morts de la grippe porcine d'après le carnet de bord d'un survivant ; ce qui a rendu nécessaire l'usage de ce que vous appelez ici le *Spécial*, construit par l'ambitieux Karl Homberg et que notre ami Tony désaffecterait volontiers. Je passe sur de longues études. Je ne dis rien de vos essais sur furets et autres animaux sensibles. J'en arrive à ce qu'on peut appeler votre réussite. Je l'admets. Je vous en félicite. Mais je dis : *Et alors ?* Ni vous ni moi ne sommes furets. Passer de ces bestioles à l'homme, sans plus attendre, holà ! Je n'ai pas de prisonnier sous la main et, si j'en avais, je ne pratiquerais pas ce chantage à la liberté. Des volontaires, bien avertis, c'est à voir...

— Je peux vous en trouver ! s'écria Martin.

— Sans doute ! reprit Mr Binch, impavide. Mais avec notre permission et surtout pas tout de suite. Même en partant, après vaccin et par étapes d'un mois chacune, du virus le plus bénin à d'autres qui le seraient moins pour parvenir — de succès en succès, en somme — jusqu'au plus offensif, rien ne m'assure que ce dernier ne tuerait pas son homme.

Etonné, je m'entendis murmurer :

— Nous pourrions sans aucun risque utiliser cette procédure, écourtée, dans le cas particulier des accidentés à encéphalogramme plat qui, actuellement, fournissent des transplants. Certains peuvent être prolongés...

— En effet, fit Mr Binch, interloqué, avant de reprendre : Mais je ne vois pas bien comment opérer et, de toute façon, la Commission, aussi prudente qu'intéressée, vous imposera sûrement des tests complémentaires.

— Nous risquons d'être grillés par les Américains, bougonna Martin.

— Ce serait regrettable. Mais dans ce métier honneurs et intérêts ne sont pas prioritaires.

Ce disant, Mr Binch regarda sa montre, se leva tout d'une pièce, salua et rejoignit sa voiture tandis que Martin me soufflait dans l'oreille :

— Ça peut être dangereux, un honnête homme.

Nous sommes rentrés au Centre comme nous en étions partis : dans la voiture de Tony qui n'avait pas l'air tellement satisfait de la décision de Mr Binch, bien plus mesuré que lui. Il l'avait sans doute espérée plus radicale. Son rêve, c'est de supprimer le H.S., comme l'ont fait les Japonais contraints par leur opinion publique. Il pensait tout haut, soliloquant au-dessus de son volant :

— Allons, soyez francs, dites que je suis un timoré. C'est vrai, c'est mon rôle ; je dois empêcher les chercheurs de chercher dans les coins dangereux. Je ne crie pas au savant fou ; j'interpelle les savants angéliques qui se baladent dans l'inconnu sans admettre que c'est un champ de mines.

Il s'ébroua dans une sorte de rire chevalin et déboucha dans l'ironie en singeant l'emphase :

— Seigneur ! Tu as créé le monde en six jours et le septième tu t'es reposé. Le huitième, tu as chassé l'homme du paradis terrestre pour le punir d'avoir touché aux fruits de l'arbre de la Connaissance. Mais le neuvième jour, mis en goût, le *sapiens* s'est donné les moyens de détruire ou de transformer, tout seul, la création. Et il fait ce qu'il peut sans savoir forcément ce qu'il fait. Et tu me vois, Seigneur, partagé entre *Bravo !* et *Bigre !*

Changement de ton. Apostrophe directe :

— Parce que, mes enfants, je vous la souhaite bonne, comme à ce pauvre Damoclès. Vivre avec le très coûteux nucléaire jusqu'à la fin des temps, sans toucher à la bombinette, ce sera déjà coton. Mais vivre tranquilles, indéfiniment, avec des biologistes exultant de savoir que la nature se sert du même langage chimique pour tous les vivants, aux gènes interchangeables ; qui peuvent donc désormais transgresser les barrières séparant les espèces et bricoler la nôtre ; qui du fait d'un afflux de connaissances mesurent mal l'ampleur de leurs ignorances ; qui à très bon marché vous fourniront de quoi bouleverser la vie et taquiner la mort... Croyez-vous que ce soit le retour à l'Eden ? Quand un danger est possible, le temps le rend probable et à la longue inévitable : c'est l'histoire de 0,001 multiplié par mille !

Epuiser le sujet lui eût demandé plus de kilomètres. Mais il était redevenu de supportable humeur quand, à la porte 1, il freina devant les vigiles, sourcilleux gardiens de l'enceinte comme lui l'était du reste.

V

A trois mois de distance, c'est un autre Millesond que je trouve devant moi, ce matin même où je devrais comparaître, une fois de plus, devant l'aréopage genevois qui suit de si près l'affaire que le grand jet d'eau du lac m'est devenu familier. Les derniers mots de l'hôtesse m'ont permis de comprendre le coup de fil nocturne et ce qui en découle. Assis de biais dans le petit salon, Tony se resserre dans une veste froissée en trempant une brioche dans un bol de café noir. Depuis son appel il n'a pas dû se recoucher. Il a les traits tirés et sur son front qui se plisse et se déplisse bouge sa marque de fabrique : un nævus aussi rouge qu'à sa boutonnière la rosette de l'ordre de Léopold. Tout de suite, à sa manière, il fait un mot :

— Je vais vous rassurer, Eric, en vous alarmant.

Son pied droit tapote nerveusement le plancher. Ses yeux fuient. Sa gêne me gêne. Pas de secrétaire présente, pas de témoin. D'un simple signe de main, lui qui se veut bonasse et populaire auprès du petit personnel, il a congédié l'hôtesse et adopté le regard fixe, la voix du speaker en train de lire le journal parlé au prompteur :

— Allons droit aux faits. Depuis hier soir, vingt-trois heures, l'Inde envoie des messages d'alerte. L'épidémie de grippe qui vient de se déclencher dans la région de Bombay peut d'emblée être tenue pour angoissante. Il s'agirait d'une forme sévère dont les premières données sérologiques hésiteraient entre un assez dangereux mutant et un ancien tueur réactivé parmi des populations qui ne sont plus immunes à son égard. Il est en tout cas responsable d'une dizaine de morts en divers hôpitaux. On signale des cas disséminés dans le Maharashtra et même au-delà dans le Gujerat. Une extension rapide n'a rien d'improbable.

Pause haletante. Le nævus s'est immobilisé. L'effroi n'est pas feint :

— Extension jusqu'ici, bien sûr. Jusqu'ici, où la distribution du cocktail vaccinal de l'année aux catégories à risques vient de s'achever et où les gens comptent sur une protection désormais illusoire. Vous savez mieux que moi que la mise au point d'un vaccin contre un virus inconnu, qui d'ordinaire cultive mal, c'est long. Une production massive, plus encore. Il a fallu cinq mois aux Américains pour disposer d'un premier million de doses contre la grippe de Hong Kong... Cinq mois d'attente et sans doute davantage durant lesquels, nous aussi, nous pourrions être désarmés !

Voilà du Tony tout pur. Le nez bas, il me décrit le genre de calamité dont nous avons justement cherché, sans encouragement de sa part, à trouver la parade. Qu'il soit contraint à ce discours touche au tragi-comique, mais il aurait grand tort de me croire capable de prendre un air avantageux : même si se tortille en moi un petit ver de satisfaction, l'augure a compris, illico, que l'événement le met au pied du mur. Y a-t-il pourtant sur mon visage une trace de sourire ? Me voici mis en garde :

— Ne vous méprenez pas, Eric. Je ne me déjuge pas. La situation ne me force pas à vous approuver, vous et vos pareils dont les labos sont des entrepôts de virus à mon avis aussi dangereux que ces conservatoires que sont les jungles et les forêts humides des pays du Tiers-Monde. Mais...

Hésitation. L'œil mi-clos, il attend. Pour lui éviter de s'écorcher la langue, n'est-ce pas à moi de prendre le relais ?

— Bref, Tony, vous pensez — et sûrement pas tout seul — que personne en cette affaire n'a plus rien à perdre sauf la face. Même si nos recherches n'ont plus le temps d'être éprouvées ni homologuées, il vaut mieux vous prévaloir, à leur égard, d'une longue et généreuse compréhension.

La modestie convient, n'est-ce pas, à qui l'on offre de ne plus avoir tort sans lui donner entièrement raison. Le menton de Tony oscille :

— Plus exactement, il apparaît souhaitable que vous meniez de front les opérations que réclament un vaccin classique, prioritaire, et, s'il se peut, le vôtre. En ce moment les ampoules scellées contenant la nouvelle souche, au frais dans la carbo-glace, volent déjà vers tous les Centres...

Se forçant un peu, c'est visible, il retrouve le goût du persiflage :

— Elles volent vers vous, mon cher, qui aurez peut-être l'occasion de vous distinguer. Je n'ose imaginer le plaisir que j'aurais à voir confirmer votre réputation au prix d'une catastrophe.

Mouche ! Il a mis en plein dedans, car c'est bien là le point sensible. *Ce n'est que devant le malade que brille le médecin,* disait Paracelse. Et Napoléon, plus cru : *Il n'y a pas de victoire sans charnier.* Si j'ai une chance de sortir de l'anonymat, on voit laquelle ! Tony enchaîne tranquillement :

— Si cette saloperie sort de l'Inde, nous allons avoir des choix à faire, des gens à mobiliser. Je ne vous cacherai pas qu'à Genève l'optimisme est de surface. *Une épidémie sur deux avorte maintenant,* m'a dit le président. Mais il a ajouté : *En fait de grippe il faut compter deux ou trois pandémies majeures par siècle et nous n'avons rien connu de vraiment grave depuis soixante-quinze ans.*

La statistique est de mon côté, je le sais. Mais Cassandre est rarement entendue et c'est tout juste si le prophète de malheur, une fois sa prédiction accomplie, n'a pas l'air de l'avoir souhaitée. Sentiment à l'instant vérifiable ! On frappe à la porte : trois petits coups. Millesond s'exclame :

— C'est toi, Marguerite ?

Entre la jeune Mme Millesond dont le chemisier et le jean contiennent exactement ce qu'il faut. Divorcé d'une Américaine, Tony, son aîné de trente ans, l'a trouvée ici, Marguerite : elle y était comptable. De notoriété publique il en est fou. Nous, moins. Elle a maintenant du verre à vitre dans le regard et ce qu'elle dit peut être aussi coupant :

— Mais enfin, Tony, que se passe-t-il ? Il court des bruits... Mon Dieu ! Si vous êtes là ! docteur Alleaume, ça les confirme, ça ne présage rien de gai.

VI

Passage aux toilettes. Dans la glace qui surplombe la rangée de lavabos, il s'est dévisagé, ce bonhomme à bouille ronde, à pommettes saillantes, à crâne pourvu de ce qu'on appelle le « chignon » bigouden — particularité héritée de sa mère née à Etain dans la Woëvre, mais qui la tenait elle-même de son père, conscrit né à Plomeur, fixé par mariage, en fin de service, loin de son Finistère. L'apophyse en question se cache sous des cheveux teints pour ne pas grisonner : souhait de ma femme qui en fait autant afin de se rester fidèle. Ni vieux ni jeune, entre deux âges, entre deux tailles — de Breton et de Lorrain — celui que voilà n'est que l'une de mes deux incarnations civiles : la diurne en veston portée par ses chaussures, la nocturne en pyjama traînant sur ses pantoufles. Allons me déguiser sous mon troisième aspect : celui du laborantin de choc, mi-scaphandrier, mi-cosmonaute.

La galerie d'honneur, à enfiler d'un bout à l'autre, est un héritage du Bavarois qui l'a voulue solennelle. De la verrière tombe assez de lumière pour que prospèrent deux rangées de ficus en caissons dont le verdoyant garde-à-vous alterne avec des portraits de savants soumis à l'égalité rigoureuse de leurs cadres. Je ne sais qui avait eu l'idée singulière d'ajouter sous chacun d'eux une noble citation. Maurice Lamy, de l'Académie de Médecine, y proclamait ainsi :

Il est indispensable de réunir beaucoup de savoir avant d'entreprendre un peu d'action.

Sir John Hendrew, prix Nobel britannique, et Jack Watson, prix Nobel américain, y allaient de leurs sentences. Mais un quidam s'en prit, on ne sait trop pourquoi, à celle de Sydney Brenner :

Les progrès des techniques font naître la période la plus exaltante pour les biologistes.

On retrouva par terre les morceaux de cette pancarte, remplacée par une autre qui en appelait à l'étroite sagesse de Sir MacFarlane, prix Nobel australien, auteur de l'avertissement :

Dans la mesure où elle concerne l'avenir de la médecine la biologie moléculaire est suspecte.

Les sommités continuent à glorifier nos cimaises, mais dorénavant silencieuses se contentent de nous voir défiler devant eux à pas lisses. Je compte souvent les miens : c'est une autre forme d'appréciation naturelle du temps. Soixante-dix enjambées me permettent d'atteindre le rond-point où se tient l'huissier chargé d'aiguiller les visiteurs, porteurs de badges, vers les services proches qui n'ont rien à voir avec le nôtre, d'accès sévèrement contrôlé. Mon *Spécial* est un cube de béton blanc, sis en dehors des bâtiments auxquels il est tout de même raccordé par un long couloir coupé de deux portes à code. Je me hâte. Je passe devant le poste des agents de veille et de sécurité qui contrôlent entrées ou sorties, heures de présence, nombre de chercheurs en service, sans quitter des yeux, de nuit comme de jour, les indicateurs permettant de savoir, dans la seconde, si quelque chose cloche dans les circuits de sauvegarde.

Stop ! Me voici une fois de plus devant la troisième porte forte : celle qui reste à franchir pour pénétrer dans ce labo à confinement absolu, le plus élevé dans la hiérarchie des risques à maîtriser : un *P 4*, dont nul ne saurait enfreindre le rigoureux rituel. L'œil d'une caméra me lorgne, tandis que j'introduis ma carte magnétique. Un feu bleu se met à clignoter. Puis, sans autre bruit qu'un faible chuintement, la glissière blindée du sas se désencastre, s'efface, me laisse passer pour venir aussitôt se remettre en place derrière moi et autoriser l'autre coulisse à me libérer. Dans le vestibule où, pour éviter que l'air, incessamment pompé, conditionné, stérilisé, puisse s'échapper, la pression tombe et me fait bourdonner une oreille.

— Cabine 2, docteur Alleaume, avertit le haut-parleur.

Le vestibule n'est qu'une zone isolante, quadrangulaire, qui entoure un blockhaus central. Les précautions y sont déjà considérables. Les murs en béton armé pourraient résister au souffle d'une bombe. Pas de fenêtres, mais des pavés de verre inclus dans la masse. Rien de combustible. Partout des contacteurs d'alarme, des écrans permettent de voir ce qui se passe à l'intérieur. Cependant j'approche du vestiaire. Carte. Code. Ouverture... Ne nous inquiétons plus. Ne cherchons pas à savoir si j'ai envie d'être enfin confronté à mes ambitions. Laissons faire la roulette du hasard et pour l'instant la routine. Eric André Corentin Alleaume, tes prénoms, c'est tout ce que pour l'instant tu peux garder avec toi. A poil ! Abandonne sur place chaussures et chaussettes, puis veste et pantalon, puis chemise et slip. Abandonne montre-bracelet, chevalière, alliance, chaîne de cou confiés avec tes clefs au petit coffret *ad hoc*. Il n'y a que ton sexe qui peut rester accroché à toi...

Et maintenant, à la case suivante, sur les orteils. Dans l'humilité — égalitaire — de la nudité fais- toi rebaptiser par la douche chlorée. L'agent qui s'occupe de toi a le droit de réclamer :

— Une minute de plus, docteur... Au top !

Ou encore, parce qu'il voit tout :

— Serviette à la trappe, s'il vous plaît.

Troisième case. Là, je n'ai guère à m'attarder. Enfiler une combinaison, à même la peau, et une paire de bas montant aux genoux, ce n'est pas sorcier. Le plus difficile va commencer. Carte. Code. Le sas à traverser oblige à courber la tête. De l'autre côté, dans le couloir, attend le scaphandre dont le prototype, on ne s'en étonnera pas, fut inventé par la Nasa, mais que nous avons amélioré en l'allégeant, en utilisant pour certaines parties des couleurs indicatives. Qui n'a pas vu un papillon s'extirper lentement de son cocon ne saurait croire comme il est malaisé de réussir l'opération inverse : rentrer dans une dépouille de polyéthylène ininflammable gris-vert qui évidemment ne fait qu'une seule pièce, bottillons, gants et bulle translucide entourant la tête compris. Se glisser là-dedans par l'ouverture latérale, les pieds d'abord, le corps ensuite, puis bras par bras, fixer écouteurs et micro avant d'ancrer la bulle entre vos épaules, fermer le tout, en contrôler l'étanchéité, ça ne se fait pas sans contorsions et petites angoisses — dont je ne parle jamais à la maison. J'appuie enfin sur un bouton rouge :

— Vous pouvez entrer, disent mes écouteurs.

Ultime vérification des tuyaux vrillés à ma ceinture et de leurs vannes. Nous n'avons droit à aucune erreur. Code. La glissière fait son va-et-vient rapide. Je traverse le dernier sas qui dessert le labo ou plus exactement deux laboratoires, identiques, autonomes, dont un seul est en service, l'autre le relayant en cas d'incident. Tout au fond, l'animalerie. Harnaché, alourdi de neuf kilos, je rejoins lentement mon poste où je commence par me raccorder au téléphone et à l'arrivée d'air.

Voilà, c'est fait. Dans mon accoutrement d'extraterrestre, j'en ai pour quelques heures — maximum six — sans manger, ni boire, ni fumer, ni mettre le nez hors de la bulle sous peine de me retrouver à l'hôpital, voire à la morgue, sans pouvoir communiquer, même avec l'équipe, autrement que par fil ; sans enfreindre la moindre des précautions requises, affichées de toutes parts. Dans un H.S. le règlement est si strict qu'un chercheur sud-africain est mort d'un infarctus parce qu'avant de le soigner il était impératif de le décontaminer sous la douche finale au phénol.

Millesond m'a mis en retard : une partie de l'équipe est là. D'ordinaire, c'était Martin qui m'accueillait, un gant levé. Provisoirement son rôle est tenu par Donald, un Ecossais élevé à Alger par un père consul. Il doit savoir que Bombay crie au secours et deviner, comme ses acolytes, Ohannès et Julia, ce qui en découle, car je ne vois que des pouces en l'air. J'y ajoute le mien et le rabats aussitôt : se réjouir de donner sa mesure à l'occasion du malheur d'autrui ne révolte pas que l'hypocrisie. Il n'y aura pas de commentaires, réservés au bureau. A dix kilomètres ou à un mètre l'un de l'autre, c'est la même chose, mais le temps de labo nous est compté : il ne se gâche pas. Ohannès s'est déjà remis au travail dans la partie où se pratique la manipulation indirecte. Assis devant la vitrine à cadre d'acier chromé et les bras enfoncés dans les hublots de manœuvre, il manie quelque chose. Donald, lui, chargé aujourd'hui d'examiner une culture au microscope électronique, considère sur un écran les minuscules oursins que sont nos virus. Je vais m'installer dans l'autre partie : celle des analyses pratiquées sous hotte aspirante derrière un vitrage mobile qu'il est expressément recommandé de ne pas relever à plus de vingt centimètres. Attention ! Il est aussi recommandé de remettre, sur la première, une seconde paire de gants. Mais le plus petit de mes scaphandriers, Julia, très jolie fille mariée à un pédiatre de Dinant, me touche l'épaule. C'est elle qui s'occupe le plus souvent de l'animalerie et de la couveuse, indispensable pour obtenir des embryons de poulet d'âge convenable. C'est elle qui commande les œufs, à l'extérieur, selon ce qu'il en reste. Je peux lâcher tout de suite dans le micro un mot, un seul, qui suffit bien pour la faire sourire sous le plastique :

— Triplez !

C'est qu'en effet il va falloir nous mobiliser sur deux fronts, tâcher d'aller le plus vite possible vers l'un et l'autre vaccin. Pas d'illusion : le classique fera prime. Un mutant dangereux, c'est dans un laboratoire de sûreté qu'il doit d'abord être étudié, cultivé, adapté, contrôlé pour aboutir à ces premières ampoules qui immuniseront prioritairement les médecins, les infirmières, les employés des unités de production autrement incapables de fonctionner. Pour faire vite — comme partout dans le monde — il est bien possible qu'une autre équipe nous soit adjointe ; et celle-là n'aurait que faire de nos recherches...

Travaillons. Donald s'est levé pour passer un fax. Au bureau Hélène, la secrétaire, veille sûrement auprès du téléphone, puisque c'est la seule façon pour nous de transmettre nos notes d'observation.

— Ni gagné ni perdu, en somme. Affaire à suivre. N'est-ce pas, Eric ? murmurent mes écouteurs.

C'est la voix d'Ohannès. J'approuve. Mise en réserve, notre efficience a au moins été reconnue. A force de plisser le front les sourcilleux deviennent myopes. Ils ne voient plus vraiment ce dont il est question. Nous, si. Nous savons — et nous sommes contrits, mais pas fâchés de savoir — que dépendent de nous dans des pays où nous n'avons jamais mis, où nous ne mettrons jamais les pieds, la santé, voire la vie de millions de gens, irréels, réduits à leur importance statistique. Nous ne sommes pas vraiment des *risk's lovers.* Mais, quand paraît un virulent virus capable d'une expansion explosive, nous pensons tous ici à l'imprudence de l'extrême prudence, si proche du refus d'assistance à personne en danger. Moi, personnellement, comment pourrais-je m'endormir, béat, dans les draps roses de Nadège s'il s'avérait que j'ai dissipé du temps, des concours, des crédits, des espoirs, sans avoir rien fait d'utile pour ceux qui pourraient bien être nombreux à connaître l'étrange variété des rites funéraires ?

VII

Le samedi, après avoir fait nos courses en Belgique où les prix sont plus doux, nous n'en savions pas davantage en rentrant, Nadège et moi, à la Bélière, dont le nom dit bien ce qu'elle fut.

Notre maison, c'est en effet la ferme, modernisée, de mon grand-père paternel dont les terres, sauf le jardin, ont depuis longtemps été rachetées par des voisins. Après la mort de mes parents, tués sur la route alors que j'avais deux ans et pour moi réduits au souvenir d'autrui, à leur pauvre présence en noir et blanc dans un album, ma chance aura été d'avoir un oncle : Jérôme Alleaume. *Jé,* pour ses amis. Oncle Jé, pour la famille. Docteur Jé, pour nombre de ses clients, le distinguant ainsi de moi. Médecin de campagne et maire inamovible du village. Je dois peu de caresses comme peu de claques à la vieille servante qui l'aida et de bons soins comme des études convenables à mon docteur tuteur répétiteur. Neveu quasi-fils, j'aurais pu rester sur place ; mais ce genre de facilité se ressent d'abord comme une contrainte. Longtemps affecté à Lyon, puis à Paris, je commençais à regretter l'oncle et la Bélière quand ma nomination au C.E.V., si proche, me les rendit. Et chaque soir maintenant je repasse sous le porche rond de la cour carrée ; je me retrouve dans la salle où de tout leur poids de temps s'immobilisent des meubles disparates, témoins d'héritages rustiques et de mises sous clef de lentes économies.

— Je me demande pourquoi il s'obstine, malgré sa patte ! dit Nadège en ouvrant la portière.

Le jour baissait, aidé par un voile de brume grise, plus mauve à l'ouest, là où elle étouffait le couchant. Des fils de fumée rectilignes témoignaient d'un vent nul. Dans le potager l'oncle peinait pour retourner une terre noire infiltrée de radicelles et de ces lombrics roses, violacés du bout, qui font de si bonnes esches dans le Pourru et la Chiers. Pour lui c'est un exercice propre à édifier ses cinq cents électeurs, voire une invite à le rejoindre pour perdre un peu de ventre. Cette fois lâchant le manche, oubliant son transistor coincé dans un poirier, butant sur des mottes, il se déhancha le plus vite qu'il put pour rejoindre la salle où dans son horloge à poids de fonte se balance, tout doux, une lune de cuivre.

— Deo gratias ! s'écria-t-il. Bouddha te veut du bien. Tu vas pouvoir te distinguer. Luxembourg vient d'annoncer l'épidémie indienne. En deux phrases, d'ailleurs...

Rien d'étonnant. Appeler grippe un gros rhume, c'est courant, ça banalise la chose, ça n'intéresse guère les médias tant qu'il n'y a pas de voisins qui en sont morts et qu'il s'agit seulement de contrées lointaines où pullulent de maigres destins.

— Ça se confirme donc, murmura Nadège, en m'observant.

Depuis la veille, j'essayais de me taire à ce sujet. Si je connais bien l'incapacité du chercheur à me laisser en paix, à plonger dans l'indifférence que peuvent avoir, une fois leur service terminé, le flic pour la circulation, le facteur pour la poste, la discrétion me sèche la bouche dès que je risque d'inquiéter ma femme et ma fille. Médecin partisan de tout dire à ses malades, l'oncle, dans le privé, ne retient aucune nouvelle. Moi, si. Nadège, qui faisait la navette entre la salle et la cuisine, vint se camper devant moi :

— J'ai un mari qui croit devoir me ménager, mais n'y réussit guère. Je n'ai pas osé appeler Tony, ce matin. J'ai envie de sonner Fried. Il a un frère en poste à Karachi : ça m'étonnerait qu'il ne l'ait pas contacté.

Fried — pour l'état civil Siegfried Redange — porte curieusement le nom de sa ville natale. Professeur à

Luxembourg, chercheur au Centre où il s'occupe de viroses végétales, il jouit du privilège des biologistes verts qui peuvent avoir des problèmes d'environnement, mais n'en ont pas d'éthique. Il en plaisante volontiers :

— Mes petites bêtes, évidemment, sont moins nobles que les vôtres : elles ne tuent pas d'hommes. Encore qu'elles puissent les affamer, d'aventure, en les privant de patates...

Mais il a des formules plus fiérotes, à l'occasion :

— Prime à la sève sur le sang ! Nous allons plus vite que vous.

Ce qui est parfaitement exact : nous pouvons les envier, les « légumiers », qui ont sauvé le chou-fleur de la nécrose en lui prêtant un gène de résistance provenant d'une crucifère sauvage et, tant qu'à faire, ont créé une variété de chou-fleur rose par adjonction d'un gène de chou rouge. Fried est aussi quelque chose dans un institut de recherche agricole où ses pareils planchent sur le coqueret, le crambe, le charvis, ces délaissés, et se demandent si, le snobisme aidant, il ne serait pas intéressant de ressusciter et de remanier, comme ils l'ont fait de la pomme de terre, d'autres légumes dédaignés par les conquistadores : l'anacha, cousin du céleri, ou l'ulluco à goût de noisette. Fried est intarissable sur le sujet, bien que des intérêts considérables financent plus prosaïquement ses travaux sur les viroses de la betterave, désolation des sucriers. Au Centre, où il n'apparaît qu'un jour sur deux, c'est un de ceux dont la liberté a le plus de respect pour la nôtre. Je signerais volontiers sa déclaration à un journaliste enquêtant sur ce qu'il appelait *Les tribulations de la Fée Chlorophylle* :

— Après tout nous ne faisons, sciemment et plus vite, rien d'autre que ce que, par hasard, a entrepris la nature...

A une heure d'intervalle Nadège appela trois fois. Mais Fried est célibataire, sans secrétaire à domicile ni bonne, et trois fois elle tomba sur un répondeur auquel elle confia ses inquiétudes en français et, au dernier échec, en allemand. Enfin à vingt heures vingt, comme avant de souper nous écoutions le journal parlé de la

Deux, muette sur l'épidémie lointaine et prolixe sur les mérites — cocorico ! — du Paris-Saint-Germain, Fried se manifesta. Je ne sais pourquoi, sa voix de téléphone est toujours plus pointue :

— Excuse-moi, disait-il, je reviens de Bruxelles. Je n'arrivais pas à joindre mon frère, depuis hier : il était à Islamabad. Je viens de l'avoir. Ça devient très sérieux... L'épidémie a traversé la frontière pakistanaise ; on la signale à Sukkur parmi les ouvriers du barrage...

J'aurais préféré que Nadège n'appuie pas sur la touche haut-parleur. Fried continuait :

— En Inde même, elle a dû prendre le train puisqu'elle a gagné Calcutta. Il semble aussi qu'elle ait pris le bateau, qu'elle cabote le long de la côte de Malabar jusqu'à Cochin. Qui pis est, elle aurait traversé la mer d'Oman, elle serait à Mascate où on lui impute une dizaine de décès parmi des coolies amenés ces jours-ci par charter...

— Et Mascate, c'est à combien d'ici ? fit derrière nous la voix de Bérengère.

Apparemment, devoirs finis, elle sortait de sa chambre et nous arrivait sur de traîtres chaussons.

— Ce n'est plus en kilomètres, c'est en heures de vol qu'il faut compter, dit l'oncle.

Je raccrochai, presque aussitôt, gardant pour moi mes réflexions. Jadis les fléaux mettaient des mois à faire le tour du monde. Maintenant, en effet, les avions peuvent les disperser, très vite, dans toutes les directions. Elle pouvait arriver d'un moment à l'autre, la grippe, elle était même peut-être arrivée, çà et là, laissant un court délai de grâce aux touristes récemment revenus des Indes, ses innocents complices.

VIII

Laborieux dimanche, vu l'urgence.

Redistribué par Londres à tous les instituts, nous venions de recevoir le mutant de Bombay, prisonnier de son ampoule scellée. Harnachés, donc contraints à des gestes lents, nous l'avons retiré de la carboglace pour le confier provisoirement au congélateur. Un seul mot l'a salué :

— Kech !

Pour autant que je le sache, dans une des langues du Moyen-Orient que parle Ohannès Rakélian, Libanais d'origine arménienne naturalisé belge, ça veut dire *le salaud !*

Moi, j'étais saisi d'un haineux respect. Les neuf dixièmes des Indiens liquidés par la variole grâce à Colomb ! Un milliard de malades dont vingt-cinq millions de morts dus à la grippe dite espagnole et, en fait, asiatique ! Pour faire aussi bien que l'homme, il n'y a que le virus.

Sur celui-ci, sur sa nature et sa méchanceté nous aurions sans doute quelque lumière grâce au *Relevé Epidémiologique* et aux centres fournisseurs de sérums de référence, reliés au nôtre par télex.

Mais, fait exceptionnel, dès le lundi matin, il semblait bien être aussi, en liberté, parvenu jusqu'à nous. Le docteur Set, indicateur hospitalier, croyait devoir nous signaler deux cas très inquiétants : l'un dans une clinique privée de Namur où tremblait un vieillard ; l'autre à l'hôpital Saint-Camille où agonisait une jeune femme enceinte de six mois.

Le doute subsistait, faute d'analyses. Il pouvait s'agir de grippes ordinaires surinfectées, de type ancien. Mais au Centre — et pas seulement dans notre service — s'installait déjà une certaine angoisse. Encore un tueur ? Si les anciens les ont tenus (explication flatteuse !) pour des dieux malfaisants, nous savons, nous, qu'il s'agit d'une attaque de l'infime et c'est l'humiliation qui domine. Encore un tueur ? Notre suffisance, bafouée depuis quelques années par le cancer et le sida, valait décidément celle de nos politiques devant la récession et le chômage.

Le mardi, plus de doute. Un médecin de Liège dont le client, précisait-il, rentrait d'un stage à l'université de Poona, nous fit parvenir des prélèvements. Presque aussitôt fut annoncée la mort d'une hôtesse de l'air, rentrant d'Extrême-Orient. Franchement étendue à toute l'Inde et aux Etats voisins, l'épidémie procédait comme une tumeur par métastases lointaines où les lignes aériennes jouaient le rôle d'une circulation sanguine. Encore faiblement disséminée en Europe comme en Amérique du Nord où quelques dizaines de décès pouvaient toujours passer pour le butin ordinaire de la grippe parmi les vieillards et les cardiaques, elle commençait à être prise au sérieux par la presse qui l'annonçait comme *plus mauvaise que d'habitude, surtout dans les pays chauds.*

Fait notable, les agences déploraient des annulations de voyages vers ces mêmes pays : annulations dues, d'après elles, à la projection de deux courtes séquences montrant une file de bûchers au bord du Gange et un médecin de Pondichéry en train d'écouvillonner la gorge d'un malade *faute* — assurait le commentaire — *du mini-aspirateur adéquat.*

Mercredi noir. Des dizaines de cas nous passions aux centaines et la perspective d'y ajouter un, puis deux, puis trois zéros supplémentaires n'était pas exclue. *La bombe de Bombay éclate !* titrait *Le Parisien.* Les centres de surveillance en décomptaient partout des victimes. Comme disait déjà Thucydide, quatre cents ans avant notre ère, en voyant les gens s'effondrer (d'on ne sait quoi, d'ailleurs) dans les rues : *Accourue de la lointaine Asie, la menace tournait autour de nous.*

Arrivé tôt — trop tôt, puisque dans un laboratoire de haute sécurité nul n'a le droit d'entrer seul — j'avais dû attendre Ohannès. Nous avions travaillé sur la nouvelle souche durant le temps réglementaire et, remplacés par les autres membres de l'équipe, nous nous étions, lestés d'un simple sandwich, installés dans la bibliothèque qui nous sert aussi de salle de réunion et qui jouxte mon bureau. Une grande carte du monde s'y trouve déployée sur plaque métallique. Cette carte ne me doit rien : c'est l'ancien directeur qui l'a conçue, très simple, réduite à un tracé géographique et à sa ponctuation citadine, donc destinée à donner une idée de l'ensemble du réseau de protection planétaire. Des aimants dorés y mettent en vedette les centres mondiaux de référence ; des aimants argentés, plus petits, font ressortir les cent et quelques centres nationaux de surveillance, serrés dans nos contrées, clairsemés ou absents dans les *pays en voie de non-développement sauf de natalité* comme les appelle un évêque africain. Hélène, la secrétaire, assaillie de fax et de coups de fil, se levait de temps en temps, annonçait à voix basse des noms de villes particulièrement touchées et allait poser sur chacune un aimant rouge. Dacca, Bangkok, Canton, Manille, Djakarta se couvraient de pustules, mais aussi Tachkent et Odessa, Oulan-Bator et Ankara.

Vers dix-sept heures on pouvait considérer qu'en moins de dix jours le boulot des India Air Lines et autres compagnies hantant l'aéroport de Santa Cruz avait été mené à bien. Les océans étaient franchis et ni les déserts comme le Gobi ni les plus hautes montagnes comme l'Himalaya ne protégeaient plus personne. Trop est trop. Ce qui nous devenait sensible, au premier chef, redevenait la proximité européenne : Paris, Berlin, Moscou, Londres où, dans les brumes d'automne, aérosols propices, la *surgrippe* — comme on commençait à l'appeler en France — allait pouvoir prospérer dans toutes les concentrations, métros, bureaux, écoles, casernes ou cinémas. Ohannès, près de moi, murmura :

— La première vague arrive partout à la fois : c'est bien ce que vous aviez prédit.

Le prophète n'en menait pas large : il n'en attendait pas tant, il eût été si facile de faire ses preuves, sans danger, à l'occasion d'une petite influenza des familles. Quant au sauveteur — potentiel, il est vrai — il était ulcéré, il était floué, il n'aurait ni le temps ni les moyens de s'imposer.

— Quel dommage que Martin ait pris une année sabbatique ! dit encore Ohannès.

— L'épidémie pourrait l'y faire renoncer, fis-je sans conviction.

— Reims ! cria Hélène, en me regardant.

C'était la ville où habitait ma belle-mère, une vieille dame fragile, affligée d'emphysème. Le fax annonçait : *Décès par pneumonie grippale de deux jeunes recrues. Vive anxiété à la maison de retraite de l'Age d'Or où plusieurs pensionnaires sont dans un état critique.* Je passai le bout de papier à Ohannès :

— Bon dieu ! fit-il. Ça m'a tout l'air de la forme fulminante.

La pire ! Parmi les adjectifs utilisés chaque année, notamment dans le *Relevé Epidémiologique,* pour qualifier la menace, *minime, modérée, sérieuse, sévère,* le dernier même risquait d'être insuffisant. Mais *tragique,* le mot juste, ne serait pas prononcé. Le regard fixe, je respirais difficilement, gardant pour moi des questions bizarres. Dans ce monde moderne qui n'accepte plus qu'une calamité n'ait point de responsable, quel était-il ? Du hasard Dieu même paraît coupable et, seule, l'incroyance l'en disculpe. Alors, Mr Binch pour nous avoir retardés ? Alors, Millesond, pour l'avoir inspiré ? Alors, nous-mêmes, luttant mal contre le mal, entité changeante dont le curé, le juge, l'instituteur ont chacun une définition, mais qui ne dit rien de ce que nous combattons : des automates, des micro-existences inconscientes de s'en prendre à la nôtre, relevant moins du vivant que de l'inanimé ?

Ça gambergeait aussi beaucoup autour de nous. Les collègues s'échappaient de leurs services pour venir s'effrayer devant la carte. La plupart commençaient par chercher des yeux leur ville natale ; puis, penchés sur mon épaule, ils opinaient discrètement. L'optimisme ne les étouffait pas. Le premier à me souffler dans l'oreille, Ruiz, un Portugais de couleur né de mère angolaise, donna le ton :

— Figurez-vous, Alleaume, que voilà vingt ans mon directeur de thèse nous annonçait la fin des grandes invasions virales. En voilà deux, coup sur coup, qui triomphent ; et trois ou quatre qui menacent. La prochaine pourrait bien être la résurrection de la fièvre jaune. En Louisiane, par exemple...

Exit. Suivit Italo Corbini, le Monsieur Sida du Centre, chercheur d'autant plus acharné qu'étant homosexuel il se range parmi ce petit nombre de gays gênés d'appartenir au clan des premiers propagateurs. Un courage chagrin métallisait sa voix :

— Vous voilà pris de court, ami, et vous allez souffrir. Mais quelques mois, au plus. Nous pataugeons, nous, depuis quinze ans.

Exit. Suivit Rahon, bien connu pour avoir été un des promoteurs de la nouvelle campagne contre la rage vulpine qui cherche à épargner les renards en dispersant des appâts vaccinateurs :

— Ils ont bonne mine, maintenant, vos détracteurs ! dit-il. Je m'en veux d'en avoir été.

L'heure tournait. Fried vint s'asseoir trois minutes à côté de moi. Comparaison n'est pas raison, mais pour me détendre il me rappela les années noires où certains de ses amis, semenciers, avaient été contraints au succès de la culture en éprouvette. Sur la même chaise le remplaça un instant Percy Trent, un Gallois, dont les essais d'introduction de faux codes dans certains virus ne font pas l'unanimité. Ni Hélène, ni Ohannès, ni Nadège, arrivée entre-temps, ni moi n'osions nous en aller avant le passage de Tony qui s'était fait annoncer. Quand enfin il poussa la porte, nous fûmes tous étonnés de le voir accompagné par Mr Binch et par un inconnu daubant sur un inconnu en américain :

— For cheek, I must hand it to him. But, as yet, h'is not a big shot !

C'était probablement un émissaire d'Atlanta, curieux de m'apercevoir. J'essayai d'apprendre son nom en lui présentant ma femme. Peine perdue :

— Glad to meet you, Mrs. Alleaume.

Mr Binch avait tout l'air de respecter une consigne. Il s'excusait, il avait voulu me saluer, il regrettait de nous quitter aussitôt, il était attendu à Genève où ses collègues étaient sur le qui-vive. Il espérait revenir dans la semaine pour suivre nos progrès.

— See you later ! fit l'Américain.

Quand il se fut éclipsé, Tony ne retint pas un soupir agacé. Contrôleur trop contrôlé, j'imagine, il s'était assis près de mon bureau dans la lumière de cette lampe singulière, cadeau de mes amis, qui représente, grossi à la dimension d'un ballon de foot, notre hôte, le myxovirus de la grippe, hérissé de ses spicules. Les mains aux genoux, le dos rond, il grognait :

— La rapidité de l'expansion de cette épidémie est tout de même singulière.

Tassé dans son pantalon, il se retourna vers Hélène comme s'il s'agissait particulièrement d'elle :

— Je ne suis pas fier en songeant au danger que va courir le personnel avant d'être immunisé.

Il ne nous lâchait pas. Il était visiblement dépassé et son regard m'évitait soigneusement. Deux fax arrivèrent encore, que le décalage horaire rendait plus éloquents : Vancouver et Seattle allongeaient la liste. Du coin de l'œil, sans trop de compassion, j'observais le patron afficher cet air d'autorité malade qu'ont les généraux commandant une retraite ou les P.-D.G. déposant leur bilan. Aimable revanche dont je me lassai vite ! Je me levai dans l'intention d'aller décrocher mon manteau. Mais Hélène m'avait précédé et comme elle me présentait une manche après l'autre, son regard de dévotion ne put m'échapper : j'accédai, semblait-il, à un nouveau statut. Dans la galerie où eut lieu la dispersion, il me fut confirmé par le veilleur de nuit que d'ordinaire nous ne rencontrons jamais. Il stoppa sa ronde et quatre mots tombèrent de ses moustaches :

— Bon courage, docteur Alleaume !

Il n'avait même pas salué le patron.

IX

Explosion médiatique.

La mort rapide de deux ministres — l'un belge, l'autre anglais — et, plus sensibles aux foules, celle d'une princesse de Monaco, celle d'un avant-droit du Real meilleur buteur mondial ont affolé dans leurs fauteuils les téléspectateurs pas encore trop émus par le nombre croissant de décès dans les hospices et les orphelinats. Rien de tel pour les convaincre que la surgrippe était dans l'escalier et qu'elle pouvait à tout instant se glisser sous leur porte.

Les gros titres sont apparus, les rotatives se sont emballées, les ondes ont commencé à se recroiser pour tisser de l'effroi. Tout y est passé, renforçant l'audimat : immersion avec les honneurs de marins décédés à bord d'un porte-avions ; dames en uniforme et petit chapeau de l'Armée du Salut penchées sur de fiévreux S.D.F. ; infirmières voilées, masquées au ras du nez, passant comme des fantômes dans des salles bondées de squelettiques petits mourants africains ; portraits d'Apollinaire et d'Edmond Rostand, victimes de la grande pandémie de 1918 ; interview d'un ordonnateur surmené des Pompes Funèbres ; interview d'un curé de banlieue et d'un curé de campagne, aux réactions différentes ; ruées dans les pharmacies sur les médicaments totalement inefficaces de la bronchite ou du rhume, voire sur les vaccins périmés censés garder un certain pouvoir d'atténuation ; émissions savantes sur les épidémies connues depuis 1750 avant Jésus-Christ, dont trace aurait été retrouvée dans des tablettes babyloniennes ; allocutions embarrassées — dans la langue de bois de lit — de hauts responsables de la santé publique ; homélies du cardinal primat, du grand rabbin, de l'imam de la mosquée de Paris, réunis sur le même plateau ; discussions à n'en plus finir des spécialistes des questions sans réponses ; conseils de pontes à court de compétence ; recettes de charlatans qui, eux, n'en manquent jamais ; réactions des bons bougres dans l'argot de la rue...

Tout ça, c'était de l'image, à la fois amplifiée par sa répétition dans l'espace et affaiblie, banalisée par son abondance même. Il n'avait jamais été plus vrai que le moins supportable n'est pas le plus grave, mais le plus proche : le glas qui tombe du clocher et se dilue dans l'air que vous respirez encore ; le roulement du corbillard qui cahote et secoue le cercueil de la marchande de poisson qui vous a vendu du cabillaud la semaine d'avant ; l'afflux de faire-part qui vous rappelle celui du décès de votre grand-mère, alors bordé de noir, tandis que le deuil du jour se contente du gris ; supputations, *l'a-t-il ? l'a-t-il pas ?* dès qu'un collègue manque à son travail et devient pour tous, d'après sa petite ou sa belle santé, celui qui, oh ! là ! là ! passera forcément au travers ou celui qui va quitter son bon matelas pour la raideur d'un caveau de famille.

Au Centre, tous drapeaux mis en berne, dix-sept absents dont deux définitifs étaient recensés par les chuchotements et la consternation s'aggravait d'un vilain embarras. Les téléphonistes n'en pouvaient plus, devaient rabâcher toutes les cinq minutes qu'un vaccin ne s'improvise pas et, cela, à des appelants de haut niveau, députés, présidents de conseils généraux, maires saturés de panégyriques, archiprêtres affolés de requiem, médecins signant trop de permis d'inhumer. Ils insistaient, s'indignaient, hurlaient à l'imprévoyance, à l'indifférence et les plus acharnés étaient les généralistes, infanterie essoufflée à force de courir d'un malade à l'autre avec une seringue vide.

A noter : comme en temps de guerre, lorsque la vie se rebelle contre la mort, les gens bien portants se couchaient aussi beaucoup : deux par deux.

A noter encore : les rappels, voulus par le Seigneur, n'étaient pas tous unanimement déplorés. Tout de même, Il aurait pu choisir différemment : ceux qui ne s'en vont pas ne sont pas forcément ceux dont on aurait souhaité qu'ils restent.

X

Le plus pénible, c'est le qui-vive. Mon oncle, ma femme, ma fille, je me demande toute la journée si, le soir, je vais les retrouver debout. A moins de cent mètres de la maison le fermier célibataire, dont n'avait pas voulu sa cousine, précisément parce qu'il avait conservé la métairie paternelle, est mort seul ; on l'a retrouvé dans le foin, près de ses vaches qui meuglaient de faim et de soif. Deux institutrices sur trois piquent des 41, comme la moitié de leurs élèves. Pourquoi les miens seraient-ils épargnés plus que d'autres ? Je ne puis rien pour eux, faute d'avoir eu le temps et la permission d'agir. J'enrage. Me trouver à table et regarder l'oncle, vieillard très exposé, regarder Bérengère qui respire court sous de petits seins, regarder Nadège dont les yeux expriment ce que sa bouche ne crie pas... voilà qui fait trembler ma fourchette et rend les échanges du dîner aussi plats que les assiettes.

— On ne parle pas de la grippe, a exigé Nadège.

Moins on en parle, plus on y pense : le silence est une loupe. L'hypocrisie règne, salvatrice en un sens. Vieille rengaine ! *Eux,* oui. Pas nous. Un accident au cours des grands départs en vacances, une jambe cassée lors d'une descente sur piste rouge, une vérole fournie par une pute, la grippe aujourd'hui, ça ne doit arriver qu'aux autres, si possible inconnus. L'espoir négatif est bien plus coriace que l'autre, l'espoir positif qui fournit parfois le gros lot, le podium, le grand amour. Ne pas parler de la grippe ? Comment faire ? Adèle et Isabelle, les filles du sous-préfet, camarades de Bérengère, ne sont pas *pour l'instant* au lycée : c'est l'euphémisme qui a cours entre mères. Il serait de mauvais goût d'insister, de demander : *Ont-elles beaucoup de fièvre ?*

Respectant sa consigne, Nadège meuble. Désespérément. Elle loue la blanquette de veau, piquetée de taches vertes qui doivent être des câpres. Elle loue la femme de journée qui la prépare en notre absence et nous laisse le soin de la réchauffer. Elle loue Bérengère en commentant, note par note, son bon carnet scolaire. Nul doute : c'est sa meilleure année. Mais l'incorrigible Jé se récrie :

— Ta meilleure année, Bé, c'est sûr. Mais, bon Dieu, ce n'est pas la nôtre. Nos foutus médicastres n'entendent pas siffler sur leurs pare-brise les serpents de leurs caducées ! Si cette fois encore c'est la déroute, Seigneur ! ressuscitez Molière.

L'œil noir de Nadège ne l'arrête pas. Toutefois il s'excuse :

— Je ne dis pas ça pour toi, Eric. Tu cherches et, si j'ai bien compris, tu aurais même trouvé. A propos...

Les *à propos* de l'oncle semblent souvent tenir du coq-à-l'âne : je les soupçonne d'être moins candides et de sortir comme une source dont l'eau a voyagé sous terre.

— A propos, Eric... Excuse-moi d'en reparler, mais tu me connais, j'estime que rester muet devant le danger l'accroît. Dis-moi, grippe et sida sont bien le fait, tous deux, de rétrovirus ? Crois-tu qu'ils pourraient se combiner chez un malade et donner un métis, un sida grippal en quelque sorte ?

— Mais vous rêvez de la fin du monde ! s'exclame Nadège, outrée.

Ça, c'est bien de l'oncle, ennemi juré de la méthode Coué comme du genre motus et partisan d'une homéopathie mentale traitant la crainte par la crainte. Excellent praticien, il a toujours fait dans la rudesse et depuis son attaque donne parfois dans la provocation. Je ne peux que mentir à moitié :

— Rien de tel n'a été soutenu.

Soutenu, non. Ce mariage-là n'a pas été consommé. Mais il a bel et bien failli l'être. En quête de modèles animaux manipulables, n'a-t-on pas eu, dans un labo célèbre, l'idée tordue de greffer des cellules tumorales humaines sur des souris privées de toute réaction immunitaire ? Celles-ci ayant prospéré, ne les a-t-on pas, pour étude, réinfectées avec du sida ? Et ledit sida ne s'est-il pas croisé dans cette chimère avec un virus murin, théoriquement inoffensif, pour donner un méchant hybride capable de vous attaquer gentiment les poumons ? Expérience conduite en enceinte contrôlée, elle n'en est pas sortie ; elle a été vivement arrêtée, oubliée. Chut ! Evidemment chut ! Les bourdes d'autrui ne sont pas les nôtres et la discrétion, là-dessus, nous évitera du discrédit.

— Je vous donne des boudoirs avec la compote ? propose Nadège.

Ça craque sous les dents. L'oncle, qui n'a jamais pris de dessert sucré, s'est levé sans mot dire pour aller farfouiller quelque part. Il en revient avec une boîte. Ça m'étonnerait bien que, pour une fois, donnant dans l'empirique, il soit allé chercher de l'antigrippe à l'inflenzinum, d'efficacité nulle à son avis. Mais l'étiquette me rassure. Bon sang ! J'aurais dû y penser. Il n'y a pas de remède contre la grippe. Il y a tout de même quelques spécialités à base d'amantadine qui passent pour prévenir la contagion : sans garantie s'il s'agit d'un virus sévère ; sans garantie non plus contre l'allergie et les effets secondaires. L'oncle commente :

— Je suis en retraite, mais pour moi et ma famille j'ai le droit de faire des ordonnances gratuites. J'en ai signé plusieurs, cet après-midi, et j'ai fait le tour des pharmacies rurales dont les clients sont moins avertis. J'en ramène de quoi tenir quelques semaines. Désormais, chaque jour, vous avalerez devant moi votre comprimé.

Sur ce, Colasse, le vert premier adjoint, qui défend la commune d'un éventuel envahissement citadin, est venu chercher l'oncle Jé pour un tardif conseil municipal. Nadège avait une traduction à mettre au net et Bérengère sa révision. J'ai pu m'offrir un moment de paix contemplative.

Là-haut sur la terrasse il faisait moins trois. L'air était d'une transparence rare. Régnait un clair de lune tel qu'en a peint Vermeer le Vieux : un gel de lumière pâle noyant du noir cristal. C'était assez gênant pour ne viser que des objets proches.

Premier pointage : sur la mer de la Sérénité, ce monde de convulsions figées, de tourmente minérale. Là, du moins, ni vie ni mort, l'immobilité d'une géographie sans histoire, un Sahara pur, le repos dans le rien.

Second pointage : l'infaillible mémoire du Célestron a retrouvé la comète qui barbotait déjà du côté des Poissons dans l'aquarium de vide. A peine plus longue, sa queue s'était divisée en deux branches, lui donnant l'aspect d'une pointe de flèche égarée loin de sa cible.

Troisième pointage : le galiléen. Est-ce une façon de me rassurer ? Je ne sais. Mais dans l'inquiétude, souvent, je finis par aller revoir le modèle parfait qui tourne éternellement rond : le ballet des satellites de Jupiter en leurs changeants lacis. Io se détachait bien, confetti noir, sur le fond topaze de la géante. Europe, aux deux tiers masquée par le disque, en agrémentait le bord d'un bubon. Ganymède voguait franchement à l'est comme si sa légende lui faisait dédaigner Callisto, proche de son élongation à l'ouest. C'est absurde, mais chaque fois je rêve, j'imagine que le temps se contracte jusqu'à rendre visible le tournis endiablé du manège.

Impossible d'échapper en rentrant à l'ardente enquête de Nadège qui la répète pratiquement tous les soirs. Où en êtes-vous ? Qu'a-t-on finalement décidé ? Faudra-t-il encore attendre des mois le vaccin ? La tête virant sur l'oreiller, elle avoue :

— Je ne vis plus !

Elle est bien oubliée, l'époque récente où je lui donnais le frisson. Maintenant je n'avancerai jamais assez vite. A l'échelle des angoisses je ne suis forcément que le second barreau : on se tourmente pour l'époux, mais si la fille est en danger celui que court le père s'amoindrit ; et j'en suis bien d'accord.

— Je ne vis plus !

Heureusement, si. Pour sa pareille, pour celle qui n'est

plus qu'un portrait dans la salle, la phrase est juste. Mais, Dieu merci, le pli en coin de bouche, les ridules en coin d'œil et ces paupières un peu griffées, mais battantes, sont bien d'une vivante, mal défendue, pour qui je dois feindre :

— Nous avançons, chérie.

J'éteins. Autrement dit, je me tais. Si j'en parlais à Nadège, ce que j'estime devoir tenter risquerait fort de la mettre en transe.

XI

Chevalier en armure molle gonflée par la surpression, portant mon heaume vitré, traînant mes tuyaux tirebouchonnés à rebrancher, d'urgence, aux prises qui m'attendent derrière la double porte, je suis entré, seul, mais sûrement filmé par l'écran de surveillance, dans l'animalerie.

J'en ai déjà, dans ma carrière, connu plusieurs. Celle-ci n'a rien de commun avec les commerciales où s'essaient cosmétiques, shampooings ou liqueurs ; ni même avec les savantes où se testent des médicaments, des greffes, des techniques opératoires, des antibiotiques. C'est un vivarium où on ne vit pas longtemps ; c'est une morgue comme en témoignent une paillasse de dissection spécialement agencée et, tout au fond de la pièce, l'incinérateur où nos hôtes seront finalement remerciés de leurs services.

Ces hôtes, avec la souris, dont le fil d'existence semble aussi mince que sa queue, ce pourrait être la fouine, le hérisson, l'écureuil ; mais le furet, autre bestiole de l'ombre, est plus discret. Il accepte plus facilement de loger dans des boîtes de plastique transparent, au besoin hermétiques et reliées au flux comme au reflux d'air stérile. Chacun y a son numéro. Rien qu'un numéro. Toute autre appellation ne peut qu'être interdite pour délit éventuel d'émotion. Et pourtant le 17...

Vigilance et froideur réglementaires ! Et pourtant le 17, pour nous, est presque devenu un prénom. Comment nous en défendre ? Le fermier a de l'amitié pour ses bœufs qui finiront à l'abattoir. Ce furet-là, que le latin traite de *putorius* et dont je ne sentirai jamais, dans mon cocon, la très vilaine odeur, c'est un survivant, un résistant, le meilleur témoin de l'immunité acquise par nos soins. S'il triomphe du mutant de Bombay, notre crédit deviendra incontestable auprès de la hautaine bureaucratie sanitaire.

Il m'observe de ses yeux roses d'albinos, le 17. Il a l'habitude, il se demande ce que va encore lui faire cet être bizarre qui est aussi son nourrisseur collectif, car sous le scaphandre, j'imagine qu'il ne nous distingue pas les uns des autres. Il ne prête aucune attention aux souris qui peuplent en face du sien un habitacle identique et que, libre, d'un coup de dent à la nuque, il expédierait en une seconde. Tandis que de mes mains de caoutchouc je remonte la grille, je fais glisser le couvercle, le 17 se lève sur ses pattes arrière et tend un museau pointu dont frémissent les vibrisses. Son poil, d'un blanc jaunâtre, est légèrement hérissé.

— Nous saurons bientôt à quoi nous en tenir, dit mon écouteur.

— Peut-être ! répond le micro qui me frôle la bouche.

Ohannès vient de me rejoindre avec le nécessaire. Nous procéderons par voie nasale, sous hypnotique : sur le 17 et le 18 théoriquement immunisés et sur deux témoins qui ne le sont pas. Ce qui se passera ensuite, ce sera selon, mais dans la meilleure hypothèse je n'en ferai part à personne avant succès.

XII

Alerte privée dans l'alerte publique qui va croissant. Au retour du lycée cette vivacité du genou sous la jupe de jean et du coude dans le chandail, Bérengère ne l'avait plus. Bien qu'habitués à ses rhumes, à ses extinctions de voix de délicate et précieuse fille unique, nous fronçons trois paires de sourcils dès que ses gestes ne tiennent plus de l'envol ou de la danse. Elle marchait à plat, le dos voûté sous son cartable à brides. Et les yeux ! Ils brillaient de cet éclat factice, un peu huileux, de la fièvre. Aussi inquiète que nous, vite en cercle autour d'elle, elle a murmuré :

— J'ai chopé quelque chose.

Masquée d'un sourire trop juste pour la rassurer, sa mère ne retenait pas un frémissement de paupière, tic d'angoisse que je connais bien. Mais l'oncle et le père avaient déjà saisi chacun un poignet à peau fine, légèrement crayonnée de bleu par une veine. Un peu chaud, ce poignet. Un peu vif, le pouls.

— Ouvre ton four ! avons-nous dit en même temps.

Plus preste que moi, l'oncle s'est emparé d'une cuiller qui traînait sur la table et, la langue abaissée, il a grogné :

— Tu vois ce que je vois ?

Je voyais : le fond de gorge, d'un rouge soutenu, rivalisait de points blancs avec l'amanite tue-mouches.

— Si tu ne te mettais pas en nage quand tu joues au basket... fit l'oncle.

— Si tu daignais te couvrir quand tu as fini de rater des paniers... fit le père.

En pareil cas, des reproches, même immérités, deviennent des tranquillisants. L'angine était flagrante, mais la grippe, dont manquaient les vrais signes, peut prendre bien des détours. Durant une heure l'oncle, redevenu médecin à part entière, soigna sa nièce qui, couchée, bourrée de fébrifuge et d'antibiotique, s'endormit finalement dans l'abondance de ses cheveux.

Un peu plus tard, moins nerveux et allant de temps à autre tendre l'oreille à la porte de la chambre, nous avons écouté le journal parlé. Les nouvelles restaient détestables. La surgrippe s'étalait, engorgeait les hôpitaux, les morgues, vidait au hasard un atelier, un asile, entretenait un absentéisme pire qu'une grève tournante. Aucune concertation n'avait encore abouti à des mesures concrètes. Que *faire en attendant le vaccin ?* avouait le ministre des communications. *Recourir à qui ? Arrêter quoi ? Nous vivons dans l'interdépendance d'un immense va-et-vient.* Abandonnant le micro, le ministre ne fut d'ailleurs pas remplacé par des gens plus optimistes que lui, membres de l'Académie de Médecine compris : si bien que l'oncle, agacé, lâcha une de ces énormités qui soulagent leur homme :

— Bon ! Compris ! La meilleure protection contre la surgrippe, c'est de la contracter et de faire partie des rescapés.

XIII

Mémorable lundi.

Cherchez et vous trouverez est une formule évangélique d'un extrême optimisme, le futur y étant le plus souvent illimité. Le tout-venant des laborantins n'ignore pas qu'il est fonctionnarisé au service de quelques élus du Star System et ces derniers, qu'a dévorés la pure envie de savoir, ne peuvent se cacher qu'ils le sont aussi par la moins pure ambition de faire-savoir, source de finances et d'honneurs. Sous son unique cheveu en point d'interrogation Cosinus est bien mort au profit de *Superbio,* héros d'un type nouveau exalté par la saga médiatique et dont le talent n'est pas en cause, bien qu'il résume sous un seul nom les mérites de toute une équipe comme ceux d'une imagination étroitement associée aux vertus du hasard.

Soyons francs, ce n'est pas la première réflexion que je me suis faite, ce matin-là, mais plutôt la dernière. J'étais dans mon bureau en train de dicter à Hélène un rapport confirmant ce que tous les centres annonçaient. Nul doute, en effet : le virus de Bombay était clairement identifiable comme une variété — sinon une résurrection — de celui de la grippe porcine, auteur du massacre de 1918, le plus vaste connu, jamais renouvelé. Au terme d'un cycle secret d'incertaines années où il s'était fait oublier, comme d'habitude, il revenait plus virulent, plus dangereux que jamais. J'allais même ajouter : *si l'on excepte la grippe du siège d'Athènes où, en 428 avant J.-C., serait mort dans l'armée un hoplite sur trois,* ce qui semble excessif et plutôt légendaire... Mais le téléphone sonna. Hélène décrocha, écouta, fit : *Ohannès ! C'est pour vous, docteur,* en me tendant l'appareil que je saisis avec appréhension. A tort. Si, d'une voix déformée par le scaphandre, Ohannès m'appelait de l'animalerie, ce n'était pas pour m'annoncer une mauvaise nouvelle :

— Les deux témoins sont en piteux état, Eric, mais le 17 et le 18 se portent à merveille.

Il l'avait dit de façon convenable, sans excitation. Mais de mon tympan à ma cochlée et, de là, jusqu'à cette matière grise où le doute ordinairement fait loi, passa une vraie décharge électrique. La tête me tourna. Mes joues en devinrent chaudes. Cette fois, c'était sûr, j'avais réussi. J'étais enfin ce que j'avais décidé d'être, après bien des hésitations, vingt-cinq ans plus tôt. J'étais entré dans l'étroite compagnie des crieurs d'*Eurêka !* Il y aurait dans les couloirs des bourdonnements d'estime, quand ça se saurait ; et de non moins agréables silences de dépit chez ceux qui rendent toujours d'actualité le trait de Lavoisier : *Jalousie de cornue vaut celle d'encrier.*

Heureusement, j'étais resté le bras en l'air, l'écouteur sur l'oreille. Peut-être étonné de mon silence, Ohannès crut bon d'ajouter :

— Evidemment il y a des succès embarrassants. Qu'en faire, dans l'urgence, en respectant les règles ?

Retour au sang-froid. Il ne se faisait pas de cinéma, Ohannès. Il savait que les trois phases d'essais sur volontaires, autorisées une par une, séparées par des semaines d'observation, par d'interminables contrôles, ne nous permettraient pas d'intervenir avant longtemps. Il savait, comme moi, que les grandes firmes, bellement consacrées à l'héritage de saint Pasteur, ont aussi la philanthropie de leurs intérêts et tardent à se lancer dans l'aventure de vaccins nouveaux, d'obtention lente, de coût élevé et d'autant moins rentables que le plus faible manque d'innocuité peut conduire à de ruineux procès. Un sage, ce garçon. Martin aurait foncé, tonitrué ma gloire, oublié qu'il n'y a pas de réussite sans contexte favorable. La nôtre, arrivant trop tard pour triompher d'un drame qu'elle avait pour but d'éviter, serait sans doute de celles qui mûrissent dans l'attente d'être reconsidérées.

— Pas de fanfare, Ohannès !

— J'avais bien compris, Eric.

En rabattre s'imposait. Même jouée, la modestie a toujours été le meilleur emballage d'une réputation, surtout quand elle n'est pas faite.

L'après-midi, par précaution, j'ai réuni l'équipe. Ce colloque est rituel pour l'entente et la détente de ces êtres bizarres qui, au *Spécial,* ont l'air d'œuvrer sur la lune avec ce que ça comporte d'apparence comme d'exigence paramilitaire et qui ont besoin de se retrouver sur terre, au bureau, en tenue civile, pour une discussion décontractée. Julia seule avait un visage fermé, inhabituel, probablement dû à des ennuis privés. Mais Donald se fendait du large sourire de qui s'attend au champagne. Il l'eut, mais tournant la bouteille par le fond, je retins l'enthousiasme du bouchon, puis le sien, contenu par des consignes de discrétion que résuma ma dernière phrase :

— Dans les circonstances actuelles c'est tout juste s'il ne faut pas nous excuser d'avoir raison.

XIV

On a toujours l'air idiot — ou abusif — quand on projette sur nos vies d'adultes, sur leurs aléas, sur leurs échecs, sur leurs succès, nos souvenirs d'enfance.

Tu as hésité, mon bonhomme, puis tu as choisi. Tu as trois fois l'âge que tu avais en ce temps-là et, tu vois, tu as eu raison.

C'était l'époque où, entre deux visites, ne doutant guère de se former un futur associé — Alleaume le jeune relevant Alleaume le vieux —, l'oncle, avec un inimitable art de l'impromptu, passait d'un sujet à un autre, tantôt plaisant, tantôt sérieux :

— Ne te fie pas aux apparences, Eric. Dans une vie les barbus font peu de barbe, puisqu'elle cesse de pousser quand elle atteint une certaine longueur. Mais qui s'en rase chaque jour un millimètre, à quatre-vingts ans, se sera coupé vingt-deux mètres de poil. C'est pourquoi les petits verres quotidiens font plus de mal que de rares soûleries et mes petits honoraires plus de bien qu'un billet de loto.

Ou regardant une radio de client, il commentait :

— Mon garçon, une des grandes nouveautés du siècle, c'est que nous sommes devenus transparents : les rayons nous montrent nos tripes, notre cervelle, nos osselets. Pourtant en même temps nous sommes mentalement devenus obscurs : les psys ne font plus grand cas de nos belles raisons.

Les maladies de la clientèle, je les ai vues se succéder comme les fleurs, les feuilles mortes, la neige, selon les saisons : avec tous les détails instructifs. Le secret du client, qui le raconte à tout le monde, c'est du duvet de poule à la campagne. Toi, tu écoutais, partagé. La médecine, pourquoi pas ? A cet âge, on oscille. L'oncle, qui maniait sa lunette, t'avait donné aussi une boîte de construction pour minitélescope et, faraud de l'avoir monté toi-même sous le regard vif du donateur, tu as considéré comme un événement le premier tour de molette, le premier pointage sur une corne de lune tandis qu'on murmurait à tes côtés :

— Mon garçon, de jour le ciel est une coquille fermée, bleue comme un œuf de grive. C'est de nuit seulement qu'il en éclôt tout ça...

Tu avais quinze ans et à ce stade l'admiration domine sur le sentiment d'impuissance qu'inspire assez vite le gigantesque dont nous sommes ignorés et dont nous ne pouvons que sonder la démesure. Tu dévorais *Ciel et Espace*, tu y trouvais parmi les petites annonces des propositions étonnantes : *Recherchons amateurs pour obtenir vingt-cinq secondes d'apesanteur dans Caravelle en vol parabolique (technique au point pour astronautes. Location possible).* Ou encore : *Australien, 17 ans, échangerait volontiers avec jeune Français toutes informations sur calculs de trajectoires de satellites.* Ça te passait un peu au-dessus de la tête et le grand rival, déjà, c'était le microscope de l'oncle, un tout-cuivre, avec chambre claire, dont il ne se servait plus. Même œil sur des lentilles ! Mais regard renversé ! Sur la goutte de sang recueillie au bout du doigt et confiée à la lamelle de verre. Sur du pollen de lis. Sur une coupe ultramince de pomme de terre passée à la teinture d'iode diluée pour colorer l'amidon en bleu. Sur ce qu'une branlette fournit de nécessaire et qui fait fourmiller les petits bonds fouettés de ta vivante graine. Sur tout ce qui permet de petites interventions assurant l'exercice d'un minime pouvoir...

Ne cherchons pas plus loin : la loi d'une vie sort souvent d'un loisir ! L'étonnant, chez toi, bonhomme, c'est qu'en étageant les tiens tu aies tout gardé. Le Célestron en témoigne sur la terrasse. Tu as fait ta médecine. Tu t'en es évadé vers le tout neuf règne des bios, ces dompteurs incertains des fauves du minuscule par qui nous sommes faits, puis défaits. Et voilà que dans ce cirque étroit tu te distingues : oserai-je dire que je ne suis pas trop mécontent de toi ?

XV

Mais Tony, lui, l'était-il, satisfait ?

Il ne m'avait pas convoqué. Il n'était pas venu frapper, du dos de l'index, les deux salves de petits coups qu'il accorde parfois à la porte de mon bureau. Il est vrai que je m'étais contenté moi-même de lui faire passer par Hélène une simple note de service.

Mais les murmures couraient le long des galeries et, le mercredi, Tony se décida. Je venais de quitter le H.S. où nous avions maintenant l'impression d'être plus en sécurité dedans que dehors et où chacun, inquiet pour lui-même et les siens, n'avait plus qu'un but : maîtriser au plus vite ce qui permettrait d'enfoncer au coin de nos omoplates l'aiguille d'une miniseringue, quel qu'en soit le bon contenu. J'étais en train de réviser avec Hélène des notes de labo quand le téléphone intérieur, dont la sonnerie est particulière et dont le boîtier électronique, pour éviter toute confusion, affiche les numéros de l'appelant comme de l'appelé, honora le 028 d'une communication du 001 :

— Mes compliments, Eric ! Il est indiscutable, maintenant, qu'une nouvelle voie nous est ouverte...

Quand Tony coupe ses phrases, c'est qu'une tétée de ninas lui permet de préparer la suivante :

— Reste que pour l'instant c'est un chemin de traverse et qu'il ne permet pas d'aller plus vite que la vieille route.

Un insistant petit bruit de succion donnait à penser que le cigarillo s'était éteint :

— Je n'ai pas attendu pour informer qui vous savez. On vous sait gré de ne pas chanter victoire parmi les *libera*. En fin de compte un peu de génie, un peu de persécution, un peu d'effacement, voilà de bons atouts pour votre avenir.

Cette fois le crissement du briquet, les bouffées de rallumage assurèrent la transition :

— Pourtant, mon cher, dût votre réserve en souffrir, nous allons vous mettre à contribution. Je suis saisi d'une demande de conférence de presse qu'il est d'autant moins possible de refuser qu'elle a sûrement été inspirée. Les médias disant un peu n'importe quoi, il s'en tient ici et là pour mettre les choses au point, alerter les inconscients et rassurer les affolés. Sans leur fournir trop d'illusions. Ne me dites pas que ce ne sera qu'une parlote. A défaut de pouvoir tout de suite contrer un mal, ce n'est pas indifférent de montrer qu'il vous mobilise. Si parlote il y a, Eric, votre présence, bien commentée, lui donnera de l'ampleur en augmentant la vôtre.

Comme d'habitude Tony n'avait pas l'air de se soucier de mon silence. Recourant de nouveau au briquet, il me laissa méditer quelques secondes. Que penser d'une présence *bien commentée* ? Devais-je comprendre : *dosée*, ne donnant ni dans le trop ni dans le trop peu, simplement évoquée dans le souci de prouver qu'on attaquait sur tous les fronts ? Ou, plutôt, démonstrative d'une grâce au modeste moi-même accordée : l'octroi, à cette occasion, de quelque notoriété ? Ceci comme cela restant confondus, il fallait bien m'avouer que, ma foi, j'étais preneur, moins pour la considération que pour les moyens qu'elle apporte ; et qu'en définitive, l'auteur n'étant rien sans éditeur, la vedette sans imprésario, j'étais l'obligé de Tony. Du bout du fil et du bout des lèvres, je rendis grâce :

— Merci. Je tâcherai d'être à la hauteur pour étaler de la bonne conscience.

Et dans l'instant j'eus honte de moi. Dans les circonstances présentes comment pouvait-il être tenu compte de froissements personnels ? Là-bas, dans son bureau, entre ses secrétaires parfumées, le 001, d'ordinaire si maître de lui, se laissait rattraper, lui aussi, par la sincérité :

— Eric, nous courons au désastre. Que dis-je ? Nous sommes en plein dedans. Cette saloperie se fout des latitudes comme des longitudes. Elle a franchi l'équateur : on la signale au Zaïre, au Brésil, à Madagascar. A ce niveau je ne vois plus ce qu'on peut faire d'efficace. Le tourisme va se freiner de lui-même comme les sorties dominicales ou les voyages de noces. Mais ce ne sont là que des modes mineurs de la dissémination. Comment interdire les transports par fer, par eau, par air, par route ? Comment s'en prendre aux importations, aux écoles, aux casernes, aux grandes surfaces, aux églises, aux hôtels, aux usines et, à commencer par le Sénat, à toutes les assemblées ? On ne peut pas mettre la société en panne, pour des mois, et renvoyer les gens chez eux dans des immeubles où la surgrippe prendra aussitôt l'ascenseur...

— Impraticable ! ai-je murmuré.

— Impraticable ! a répété Tony. C'est fragile, hein, ce que nous appelons, avec des voyelles plein la bouche, la ci-vi-li-sa-tion. Cette grande machine, ça tourne comme la planète, ça ne peut pas s'arrêter. Nous voilà bloqués sur le manège, crevant d'agglutination... Excusez-moi, Eric, je me débonde. Mais sur ces fortes paroles, parfaitement oiseuses, je vous quitte, je vous laisse travailler.

Une conférence de presse, il en avait de bonnes, Tony ! Je ne suis pas un orateur ; je ne vaux rien dans l'improvisation et la dispute. Je ne suis vraiment à l'aise qu'en écrivant, bien condensées, des communications. Qu'allais-je dire à ces échotiers qui, sur un mot mal contrôlé, vous brodent tout un article et vous déshonorent aux yeux de vos pairs, cillant de réprobation derrière leurs lunettes ? Nous en aurions des choses à taire ! A commencer par l'aveu que, cette fois, il ne s'agissait plus comme chaque année d'immuniser des gens âgés, fragiles ou indispensables. Ce petit contingent, il faudrait au minimum le multiplier par dix sans espérer, pour autant, atteindre la moitié de la population. Or aux lenteurs incertaines de la préparation du vaccin, ce bon jus virosé qu'il reste à inactiver, purifier, contrôler, essayer longuement, mélanger éventuellement à d'autres, conditionner, expédier, mettre en œuvre, l'obligation d'un emploi massif en ajouterait d'autres dus à des problèmes aigus de fournitures et de distribution.

Un chercheur comme moi ou mes collègues semble habité d'une passion froide, patiente, entêtée. Mais ça le prend quelquefois, la confusion, l'envie de laisser tomber, la colère noire envers qui l'entrave. De combien de temps perdu, donc de combien de vies par jour ouvrable Tony était-il responsable ? Il n'y avait pas cru, au chemin de traverse. Feignant l'intérêt, il n'y croyait toujours qu'à moitié. Tout se colporte et un de ses propos m'était revenu aux oreilles : *Son vaccin semble valable pour tous les types de virus grippaux connus. Mais le serait-il encore contre une variété imprévisible* ? Rien de plus entêté qu'un scientifique vexé. Notre vaccin, il n'était sûrement pas fâché que son emploi ne puisse être envisagé dans l'immédiat. Mais il allait m'exhiber : Oyez ! Voyez ce qui se fait ici de plus qu'ailleurs ! Il en aurait le bénéfice.

Je le détestais de plus belle, l'hypocrite ! D'autant plus qu'il ne cachait pas sa satisfaction d'avoir été, lui, l'exemple même de la vigilance. Tous les instituts, d'accord sur l'identité du Bombay, l'étaient aussi pour répéter que cultiver, découper, recombiner selon les normes un virus si dangereux nécessitait, au premier stade, des assurances, des primes de risque, des dévouements bien avertis bénéficiant de locaux spéciaux : les mêmes que Tony aurait bien voulu voir disparaître de son établissement.

XVI

Ce n'est rien, voyons ! Répétons-nous qu'au nom de l'efficacité, ici, on ne s'émeut pas, on ne moralise pas, on ne perd pas en distrayant son regard un temps coûteux évalué, d'après le bulletin du Centre, sur l'année entière et, tous services compris, à quatre cents francs de la minute (*un prix flatteur !* dit Fried).

Ce n'est rien. Il s'agit du comportement de deux souris dans leur réduit : de deux souris appartenant à une race artificielle, produits courants d'un élevage d'animaux de laboratoire. Ces bestioles n'auraient aucune chance de survivre dans la nature : ce sont, fabriqués pour nos expériences, de jetables petits outils vivants. Leur œil n'a pas d'éclat et sommeille souvent sous le taffetas d'une paupière bleuâtre. Blanc, leur poil laisse par endroits, notamment aux oreilles et le long de leur queue, transparaître un rose fade qu'on retrouve au museau. J'en ai vu des centaines de ce genre, qui semblent n'avoir pas plus d'existence propre qu'elles n'en ont pour les griffes du chat ou le bec du hibou.

L'étonnant, car nous ne mélangeons pas les sexes, c'est que ces deux ne soient pas du même, c'est qu'elles soient l'une sur l'autre et copulent avec ardeur. Pour rien. Pour reproduire leurs gènes truqués. Pour faire des souriceaux dans une souricière.

Je détourne les yeux. Mon petit malaise a d'autres causes. On peut croire, on doit croire que je suis là pour utiliser une microseringue. En fait il est l'heure de la relève et cet objet restera dans ma paume lors de la douche finale. Chercher des volontaires pour le test d'innocuité, ça demande des jours et les examiner, les sélectionner en réclame davantage.

Je serai le premier.

C'est bien le moins. Le temps a cette inexorable vertu de ne jamais se contracter dans l'urgence et des semaines et encore des semaines s'allongent toujours devant nous, raides comme des kilomètres.

Hier soir, tandis que Bérengère montait se coucher, l'oncle nous a un instant retenus, Nadège et moi :

— Je panique, a-t-il avoué. Nous n'avons presque plus d'amantadine et je n'arrive pas à en retrouver. Tout le monde se jette dessus, la production ne suit pas...

— Le reste, désormais, pour la petite ! avons-nous soufflé en même temps.

XVII

Qui gagnerait le challenge ? S'il y a émulation parmi les édifiants chercheurs qui font métier de secourir leurs semblables, il y a aussi compétition entre les nobles firmes qui dans le monde sont marchandes de santé et seraient navrées d'être prises de vitesse, de laisser leurs saints profits à des rivales.

Nous, harcelés, talonnés par une plus honorable crainte de n'être pas assez rapides, subissant des horaires fous, recrus de fatigue, *nous n'en pouvions plus de ne rien pouvoir* (comme disait un secrétaire général de l'ONU) et nous subissions mal le concert de cris, d'injonctions, voire d'insultes lancées à notre adresse.

Et il fallait affronter la presse ! Je comptais pour rien, devant elle, la mince notoriété acquise pour des recherches qui, en temps normal, n'auraient retenu, au mieux, que l'attention des initiés. Prévenu par ailleurs de l'éventualité du fléau, je ne tenais ma divination guère au-dessus de celle des astrologues dont aucun ne l'avait annoncé. Je pestais contre cette palabre et contre la recommandation de Tony, serinée par fil à plusieurs reprises :

— Si des journalistes vous cuisinent, admettez qu'il y ait eu des réserves de ma part, mais pas de vrai différend.

Forcé pourtant de m'y rendre, à ce colloque, bizarrement fixé à quatorze heures — pour décourager certains, j'imagine —, j'arrivai, volontairement, avec cinq bonnes minutes de retard, dans la galerie d'honneur. Au-dessus de la verrière le ciel était d'un gris si soutenu qu'on se serait cru à la tombée du jour et qu'un sur deux des lustres-globes, suspendus au raide alignement de leurs fils nourriciers, était allumé au sein d'un jeu d'ombres et de lumières avantageant les ficus au détriment des portraits. Personne n'y troublait un solennel silence, sauf le piétinement sur place d'un vigile chargé de vérifier les badges ou les cartes.

A vrai dire il n'avait pas eu trop de travail pour un auditorium à moitié vide. Du dernier rang où je me glissai en bord d'allée on n'apercevait sur les travées de droite, réservées aux reporters et aux officiers de santé, guère plus d'une trentaine de nuques brunes ou grises ou très généreusement scalpées. Les travées de gauche, réservées aux collègues, en alignaient plus du double. Divers photographes rôdaient. Deux caméras étaient braquées, l'une sur cette petite foule, l'autre sur la tribune où, sans surprise, puisqu'il était annoncé, je reconnus le président Binch, immobile comme la carafe d'eau devant laquelle il bâillait. Deux pupitres analogues encadraient le sien d'où s'évadaient les câbles le reliant à ce que nous appelons l'*Octo* parce que cette installation permet théoriquement la traduction instantanée en huit langues européennes. Debout et soignant son débit pour ménager les traducteurs, coincés dans leur cabine, Tony venait de prendre la parole et disait des banalités :

— Merci à vous d'être là, mesdames et messieurs. J'aurais aimé vous accueillir au Centre en de moins tristes circonstances...

Plus maigre, plus gris, plus gnome que jamais, les yeux mobiles — repérant les présents, donc les absents, dans la salle — il abandonna très vite les politesses pour plonger dans le docte et me piquer l'exposé que je pensais faire. La grippe, n'est-ce pas, du francique *grîpan*, saisir, qu'on retrouve dans *agripper,* méritait une fois de plus son nom. C'était encore un coup de la plus méchante de ses variétés, l'A, singulièrement avantagée par le fait qu'elle ne corrige pas ses erreurs de réplication : ce qui lui permet le *drift*, le glissement que l'anglais oppose au *shift,* le changement radical dont nous étions pour l'heure les témoins apeurés... Le salaud ! Occupant mon terrain sans vergogne pour piper son monde, il s'allongeait, savantissime, sur l'historique plutôt vague de la grippe de 1172, sur celle de 1510 qui fit tousser Louis XII, sur celle de 1837 décrite par Pétrequin... Il s'allongeait encore sur les symbioses infectieuses de la grippe avec d'autres germes, sur ses replis chez l'animal, notamment ce foutu petit cochon noir d'Asie ; il s'allongeait sur ses retours, sur ses transformations excusant la lenteur de nos ripostes : lenteurs qu'avaient cherché à raccourcir nos travaux...

Ouf ! Y venait-il ? Mais non. N'ajoutant rien sur ce sujet, il s'assit et sans transition rappela les titres et fonctions de Mr Binch auquel il rendit grâces d'être venu honorer cette réunion de sa présence : présence dont je ne doutais pas qu'elle eût aussi pour but d'assagir la mienne. Quand il se tut, le président se leva, salua, retomba sur sa chaise, tandis que dans une belle démonstration d'anglophonie la plupart des assistants enlevaient leurs écouteurs, laissant un petit reste tendre la main vers le sélecteur de l'*Octo*. En fait il ne fournissait que quatre langues, faute de traducteurs, ce qui n'est pas rare et donne lieu chaque fois à de petites grognes nationales :

— Bien entendu, il n'y a pas de traduction italienne ! protesta le professeur Calcioli qui sait tout du bactériophage.

— Cabine ! Vous massacrez le néerlandais ! gronda le docteur Leemske, un Frison natif de Texel, bien connu pour ses études sur l'hépatite.

Qui vit parmi ces ronchonnes sommités finit par trouver rassurant que la discipline ne soit pas leur fort et que leurs manies humanisent ces révérends. Mr Binch n'avait même pas cillé. D'une main ferme, aux quatre doigts et demi écartés, il repoussa dans l'air ces propos oiseux. Puis, toute rumeur apaisée, il nous servit son speech. Il y a peu d'orateurs parmi nous. Converser, disputer, prolonger à l'économie un souffle amateur de mots rares qui permettent de rester entre soi, voilà plutôt notre affaire que la harangue, trop convaincue pour être convaincante. Mr Binch n'usait pas d'effets de glotte et d'une oreille à l'autre j'écoutais tantôt directement sa voix creuse, tantôt dans l'écouteur une traductrice à voix pointue.

Il disait, Mr Binch, qu'il fallait, ladies and gentlemen, l'excuser d'une nécessaire franchise. L'apparition d'une grippe si virulente, si contagieuse qu'on n'avait rien vu de tel depuis le début du siècle, c'était d'autant plus grave que le sida restait invaincu ; que la dengue tropicale, jadis inoffensive, devenait mortelle ; que la poliomyélite revenait ; que le remue-ménage planétaire risquait de disséminer des agresseurs exotiques, jusqu'ici restés locaux comme le terrible Ebola du Zaïre, le Kawasaki japonais, l'Hanta de Corée, les virus de Marbourg, de Lhassa, de Machupo, de Junin et autres assassins moins connus. Mais quoi ? N'ont-elles aussi été périodiques, ces poussées ? N'ont-ils pas été de tout temps responsables de soixante pour cent des maladies infectieuses, ces filaments, ces cubes, ces cylindres, ces hérissons minuscules, invisibles, insensibles, qui nous attaquent aussi bien que le porc ou le tabac, la pomme de terre ou le chat ?

Il avait relevé le nez, Mr Binch, il s'animait, il avalait sa salive, il reprenait :

— Tableau noir ? Oui et non. Citons maintenant la variole, la rougeole, la rubéole, l'herpès, la scarlatine, les oreillons, la rage, le zona, dont les noms vous disent quelque chose. Or, constatez ! Nous avons eu raison de presque tous ces familiers. La grippe fait partie du lot. La production d'un vaccin à son encontre ne pose aucun problème : elle est seulement retardée quand nous avons affaire à un mutant. Si je suis là, aujourd'hui, c'est que je tenais à réfuter formellement les allégations colportées par des irresponsables...

Un journaliste se leva soudain :

— *Tribune du Valais*... Si j'ai bien compris, monsieur le Président, nous ne risquons qu'une attente. Excusez-moi, mais peut-on dire à un homme qui se noie : Courage ! Nous aurons un bateau demain pour vous tirer de là. N'est-ce pas lui promettre de ramener au sec un cadavre ?

— Je préférerais qu'on ne rie pas, fit vivement

Mr Binch, inspectant d'un regard sévère une salle où l'on avait, de-ci, de-là, pouffé.

Puis tourné vers l'interrupteur, resté debout, assez en retrait, complaisamment offert aux flashes :

— Votre comparaison n'est pas juste, monsieur. Votre noyé n'a aucune chance. En cas de surgrippe c'est une minorité de malades qui succombent.

— Minorité atteignant sept à huit pour cent lors de l'épidémie de 1918, insista le Suisse. Ce taux pourrait être dépassé, mais conservons-le. La population du globe ayant augmenté depuis lors, en admettant qu'une personne sur cinq seulement soit atteinte, nous devons prévoir avant le vaccin quatre-vingts millions de morts.

— Je proteste ! Ce sont là des chiffres à sensation, des calculs indécents...

Donnant raison à Mr Binch, des murmures hostiles parcouraient la salle, mais le mal était fait. De la rassurante phrase *Nous avons eu raison de presque tous,* dans la tête de chacun il ne restait plus que le *presque,* illustré par les deux plus récentes hécatombes. Aussitôt un autre journaliste, du *Guardian,* s'enquit des raisons invoquées par les autorités sanitaires pour s'être laissé surprendre malgré les avertissements du congrès de Berlin dont son journal s'était fait l'écho :

— Annoncer des éruptions de volcan ou des tremblements de terre, se récria Mr Binch, ne signifie rien si l'on ne fournit pas en même temps l'endroit et la date : ce sont, comme le nôtre, des domaines où la part de l'imprévisible est prépondérante. Les gouvernements peuvent plaider coupable : ils n'ont pris aucune des mesures conseillées, dont l'efficacité me semblait d'ailleurs aussi faible que celles des règles de construction lors d'un superséisme... La surprise ! C'était, ici même, la hantise d'un spécialiste, le Dr Alleaume, dont la quête n'avait rien de secret et nous fournira, peut-être, la solution.

Il m'avait sûrement vu entrer. Mais, haussant le cou, il fit mine de me chercher du regard :

— Je l'aperçois, tout discret, au fond de la salle et lui demande de bien vouloir nous rejoindre.

Flash. Une caméra m'a suivi tandis que j'avançais et que, grimpant huit marches, j'allais me prendre les pieds dans les câbles. Président et directeur souriaient large. Je n'étais pas encore assez considérable pour que ce dernier se remît sur pied pour chanter mes louanges. Tony le fit sur son séant. Rappelant brièvement mon curriculum, il renchérit sur le *peut-être* de Mr Binch (qui n'avait rien d'une litote) pour m'accorder un *sans doute* (petit chef-d'œuvre d'ambiguïté qui sous la forme affirmative introduit de l'incertitude). J'étais sans doute en train de résoudre le problème. Si et si, toutefois. Si l'homme, notamment, réagissait comme l'animal. Si ce vaccin s'avérait vraiment polyvalent. S'il n'avait pas, comme celui de la grippe de Bangkok, des effets secondaires « nous » forçant à le retirer. Indisponible de toute façon avant des mois, il avait le mérite de la nouveauté ; il apportait une preuve, si besoin était, de l'activité créatrice du C.E.V.

Péroraison accueillie par quelques battements de mains molles. A l'évidence la salle était froide et les journalistes plus avertis que Tony ne le pensait. L'ironie régnait visiblement chez les pros, parmi lesquels je recensais Ruiz et Corbini, Trent et Rahon côte à côte, Ohannès sans Donald, Fried avec son ami Rochaark, dont on pouvait se demander à quel titre il était là puisque son affaire, c'est l'horloge présumée génétique qui peut nous faire vivre cent ans, mais se débarrasse du saumon dès qu'il a copulé. Au troisième rang un grand blond se déplia :

— *Le Soir*... Est-il exact, docteur Alleaume, que vos travaux, dont on voit l'urgente utilité, aient été assez longuement suspendus ?

— Pour contrôle, oui, c'est habituel et nécessaire, intervint aussitôt Tony Millesond. La presse qui est, avec raison, très pointilleuse en fait d'expériences ne saurait nous reprocher de l'être autant qu'elle.

— J'interrogeais le Dr Alleaume, fit remarquer le grand blond.

Virant vers moi, les profils de M. Binch et de Tony devenaient des trois-quarts attentifs. Leur souci n'était pas déplaisant. Ce fut même à cet instant que me flatta le sentiment d'avoir, dans l'impunité, la partie belle.

— Dans un domaine où toute avancée peut apparaître téméraire, fis-je doucement, le chœur des sages se tracasse vite.

— Ont-ils été unanimes ?

— J'espère que non. Ce détail ne m'a pas été fourni.

Rang par rang, comme une onde, un frémissement parvint jusqu'à Fried qui levait le pouce. Un coup d'œil à mes voisins de tribune suffit à me convaincre qu'ils enrageaient, qu'ils n'appréciaient pas la tournure prise par ce dialogue. Les oreilles de Tony se bordaient de rouge :

— Cette décision provisoire a été rapportée ! fit-il.

— Grâce à la surgrippe ! cria quelqu'un.

Une caméra ne me quittait plus. L'autre cherchait dans l'assistance des visages connus. Un officier de santé bedonnant prit le relais :

— Les événements vous donnent raison, docteur. Mais comment expliquez-vous le fait que vous ayez, à ma connaissance, été le seul à partir en croisade ?

Avec sa barbiche et son képi à bande de velours ce bon gros médecin militaire à quatre galons affichait une sympathique indignation, à vrai dire mal renseignée :

— Le seul, commandant, non, pas vraiment. Sans savoir où ils en sont, j'ai au moins deux émules. La fragilité de nos sociétés d'échanges rapides, colporteurs éclairs de biens comme de maux, est trop évidente pour n'alerter personne. Un journaliste vient de parler du congrès que les spécialistes de la grippe ont tenu à Berlin en septembre 1993. J'y étais. Nous avons tiré la sonnette d'alarme et, sinon prédit, du moins prévu le drame. Dans les deux mois qui ont suivi, des articles, commentant les débats, ont paru dans *Le Point,* dans le *Guardian,* dans *Science et Vie,* dans la *Frankfurter Zeitung...* On les a oubliés. C'est dans ce climat cependant que j'ai bénéficié d'un agrément pour des recherches menées avec une extrême prudence dans un laboratoire de haute sécurité. Bientôt contestées, elles restent pourtant les seules en Europe qui se soient donné pour but d'abolir la période d'attente, cruciale, grâce à un vaccin d'un type nouveau indifférent aux mutations.

— Etiez-vous, comme on le murmure, étiez-vous vraiment en train d'aboutir ?

— Nous avons abouti, en effet. Sous les réserves exprimées par M. Millesond. Et peut-être un peu mieux qu'on ne le croit, car j'ai pu pratiquer sur moi-même un test d'innocuité.

Les chuchotements de fauteuil à fauteuil cessèrent soudain. Je m'empressai d'ajouter :

— Test tout à fait insuffisant, mais indicatif et qui me permettra d'être moins soucieux quand je le pratiquerai sur des volontaires. Quant aux tests d'efficacité, nous en sommes encore loin.

Là, pas de doute, les bouilles de mes voisins venaient de diverger : l'une exprimant plutôt l'indulgence amusée, l'autre — celle de Tony — le courroux réglementaire. Dans un vrai silence une jeune femme en manteau de castor, riche de grands anneaux d'or qui se balançaient sous ses oreilles, leva la main :

— *Die Welt*... Sie bestätigen also das Gerucht nach dem Sie Grippenviren...

Tiens ! De l'allemand. C'était rafraîchissant. Les mains, partout, réajustaient des écouteurs. En retard de trois secondes la traduction suivait :

— Vous confirmez donc la rumeur selon laquelle vous auriez manipulé des virus grippaux et réussi à leur trouver une riposte commune. Cela filtrait déjà, cet été, dans les salles de rédaction. Si vous n'aviez pas eu de difficultés avec le Conseil, pourriez-vous affirmer que vous auriez eu le loisir de mener à bien tous les essais avant la catastrophe ?

Comment ignorer l'importance — et l'effet — de la réponse ? Modestie, mon ami, ça paie toujours. Ça ne fait jamais sérieux de tenir nos efforts pour des exploits. Mais on a bien le droit d'atténuer un adjectif :

— C'est improbable, mais le fait est que nous avons perdu du temps.

Il n'était pas question de compter les jours : ça en ferait davantage. Je n'allais pas dire : on *m'a fait* perdre ce temps ; chacun le pensait. Surtout il était interdit de bramer qu'une simple semaine de gagnée au rythme actuel des sépultures en eût épargné quelques-unes :

rien n'était moins sûr, mais en face, côté plume, ils en étaient sûrement tous persuadés. Flashes, flashes. Ronrons de caméra. Pour moi. Ni Binch ni Millesond, malgré des sourcils froncés, ne se rendaient apparemment tout à fait compte du prévisible résultat. Ils n'avaient rien à me reprocher : à des nuances près, je n'avais fait aucune déclaration intempestive. Il ne me restait plus qu'à me délester d'eux, à les laisser se débrouiller avec une salle hostile sous le meilleur des prétextes. Et me voilà debout, bras ballants, menton haut :

— Excusez-moi. Nous avons une expérience en cours. Je rejoins l'équipe.

Il y en a qui sont restés béants. Les gens se sont levés tandis que je descendais les marches. Divisé, me traitant in petto de racoleur, pas content, pas fâché, j'ai pu remonter l'allée sans retourner la tête ; je suis sorti, le dos voûté sous les applaudissements.

XVIII

Si nous nous sommes campés devant le poste dès dix-neuf heures pour regarder la Trois, ce ne fut pas innocent. Mais pour les infos régionales, où j'attendais une modeste citation, une frontière était apparemment étanche. La crue de l'Aisne, la réunion à Machault des vignerons de la Champagne caveuse, l'incendie d'une fabrique de bonneterie, un télescopage de voitures sur l'autoroute à proximité de Gueux et une discussion de préfets sur l'état sanitaire alarmant des départements limitrophes nous donnèrent un moment l'envie de passer sur la Deux, d'où nous chassa cette pub pour mémères qui recourt aux fesses roses d'un bambin déroulant à la course un long, un gracieux ruban de papier de toilette. Nous revînmes sur la Trois juste pour voir apparaître le duo quotidien, commentateur et commentatrice :

— Le vocero du jour ! fit l'oncle.

Ils s'en seraient bien passés, l'un et l'autre, c'était visible. Quel métier que d'être un buste impassible et de se servir de sa bouche comme d'un porte-voix pour annoncer chaque jour des désastres ! Quand l'horreur l'emporte sans cesse dans l'événement, qui parle est aussi las que celui qui l'écoute. *Excusez-nous,* disait le présentateur, *des nouvelles dont il nous faut bien vous faire part.* De fait, sauf une *affaire* de plus, un match gagné, une naissance princière, tout n'était que répétition de l'affreux. Décès. Décès. Lamento d'un gériatre avouant dans un mouroir qu'à ce rythme sa profession n'aurait bientôt plus de sens. Exemple d'une famille de six personnes, exceptionnellement éprouvée et ne laissant qu'un survivant hagard. Adjuration de NN. SS. les évêques réclamant des fidèles des prières publiques en tous lieux, par tous moyens, ondes comprises. Aveux d'impuissance d'un personnel hospitalier, lui-même décimé, devant l'afflux de cas graves. Projets controversés de dissolution provisoire du contingent, de fermeture des écoles sous forme d'allongement *sine die* des vacances d'hiver. Emeutes d'un type nouveau, dites émeutes S.O.S., çà et là, de foules terrorisées par l'absence de soins...

Mais soudain, sans transition, l'écran devient noir ; un crayon invisible y trace une inscription d'un flamboyant jaune fluo :

Tout cela aurait-il pu être évité ?

Elle persiste deux secondes, puis s'éteint. Pris de loin, le C.E.V. apparaît, tandis que la commentatrice fait observer que les bucoliques brebis, paissant alentour, ne font pas deviner le combat livré derrière ces murs : combat qui aurait pu, dit-on, être gagné à temps si... Explications succinctes sur ce qu'est le *Spécial* (mot secret, plus mythique que H.S.). Conjectures. Soupçons. Y aurait-il là négligence semblable à celle qui, naguère, laissa périr les transfusés ? Voici Mr Binch dont la main incomplète, pacifiant la salle, n'a pas été ratée. Voilà l'Allemande posant sa question en allemand, sous-titré. Et voilà ce moi-même qui redit : *Nous avons abouti...*

— Papa ! crie Bérengère.

Ce moi n'est pas celui d'une glace me reproduisant à un seul exemplaire, ni celui de photos d'album à feuilleter, ni celui d'un film et de caméra familiale. C'est pour la première fois, dans l'ubiquité, un moi multiplié par des millions de sosies. Fugitifs, il est vrai. Mais en cassette, grâce au magnétoscope. Ce type n'est plus un chercheur anonyme et dans un sens il m'intimide. Il faudra me tenir à son niveau, maintenant. Comme il a bien choisi les cinq mots qui vont faire mal : *Nous avons perdu du temps !* Comme il a eu raison de s'enfuir, salué par la claque ! Tiens ! Je n'aurais pas cru, j'avais le dos tourné, je ne pouvais m'en apercevoir : sur l'estrade, debout comme les autres, Mr Binch et Tony Millesond applaudissaient bravement...

— Tu passes bien, dit Nadège.

Il y a un peu trop de fierté dans l'air. A commencer par la mienne. Soudard bien casqué dont mon nom laisse entendre que de très loin je descends, grand-père originel, premier Alleaume, qui aurait pu imaginer que ta cuirasse un jour se muerait en scaphandre ? Et me glorifierait ? Un coup d'œil furtif glisse sur le portrait. Evocation courte et muette : oui, l'étudiant de jadis, voilà ce qu'il est devenu. Mais calmons le jeu. Quand la Trois en termine, le Journal commence ailleurs. Je peux laisser cinq minutes l'enthousiasme des miens zapper d'une chaîne à l'autre pour le plaisir de me retrouver sur la Une, sur la Quatre, sur la Six, sur R.T.B.F., qui diffusent les mêmes images et des commentaires semblables, un peu plus étoffés du côté belge. Pratiquement joue à joue avec Bérengère, avec Nadège, j'ai vite assez de cette exhibition, qui les ravit :

— Tu es partout !

Non, je ne regrette pas le temps où je n'étais reconnu nulle part. Mais j'ai mon compte. Je suis soûl de moi. Je perds mon sérieux dans cette ivresse à quoi, en moi, une pudeur sert d'alcootest. Je souffle :

— Bon, ça va, mes douces ! N'oubliez pas que nous avons du monde à souper.

Ça m'arrange bien d'avoir une autre et moins faraude raison de fêter ce jour. C'est l'anniversaire de Fried, l'ami numéro un : ce solitaire qui, avec un frère au Pakistan, une sœur au Katanga, ne peut compter que sur nous pour allumer ses quarante-huit bougies. Ohannès et sa compagne, Julia et son mari, invités, ne viendront pas : même les proches, maintenant, hésitent à se rencontrer, à donner une chance de plus à la grippe. Du coup l'oncle en a profité pour nous refiler son adjoint, Colasse, ancien prof de maths à la barbe fleurie d'apophtegmes et aux convictions vertes bien connues.

Il se pourrait donc qu'on s'amuse. Fried ne saurait

faire mentir sa réputation de ponctualité et — c'est presque un corollaire — de loquacité. Il va nous arriver à huit heures et demie pile : dix minutes avant l'adjoint. Il embrasse ma femme, il embrasse ma fille, il m'embrasse. Il me félicite. Il est aux anges. Parti hier soir, rentré à l'instant, il a passé la journée aux Pays-Bas pour assister à une soutenance de thèse sur l'intérêt économique et social des productions transgéniques par voie animale : l'hémoglobine humaine, par exemple, fournie par le porc ou encore la lactoferrine que les filles d'Herman, le taureau truqué, produisent dans leur lait. Ce n'est pas sa partie, mais il faut se soutenir, entre bios. Les écolos, qui n'avaient pu entrer dans la salle, hurlaient dehors leur injure suprême : quelque chose qui, traduit en français, donnerait : *A bas les moléculteurs !*

Il s'est assis. L'apéritif ? Oui, Nadège, whisky, sans eau, sans glace. Puis il s'est relancé. Le faire taire serait le mettre en croix. A peine remarqué, sifflant un pastis couleur jeune feuille, l'adjoint l'écoute, pensif. Fried m'interpelle. Je triomphe... Mais lui ? Il l'avoue : il en a ras le bol de sauver la betterave, de se bagarrer avec le virus de la mosaïque jaune de la courgette, si prisée des pucerons. A propos, avons-nous des nouvelles de Martin ?

— Non ! soupire Nadège. Son ex-femme m'a téléphoné, il y a deux jours. Nul ne sait où il traîne.

Sur ce point mes soupçons se précisent :

— Il serait aux Etats-Unis pour y proposer ses services que je n'en serais guère étonné. Il était à cran. Il ne pouvait plus supporter Millesond.

Aux Etats-Unis ? Fried ne lui donnera pas tort : là-bas on peut donner sa mesure, malgré des règlements draconiens. Il a lui-même été contacté par Agrigen, la firme texane. Il ne croit pas qu'il soit déshonorant de passer dans l'industrie où les médailles sont rares, mais la monnaie abondante et l'efficacité remarquable. S'il résiste à la séduction, à la belle location de cerveau, c'est par un reste d'orgueil européen. Car dans le coin on fait des merveilles. Un gène d'indigotier transmis au cotonnier et le voilà qui produit des fibres bleues qu'on n'a plus besoin de teindre — ce qui est cher et polluant — pour en faire directement des jeans. Un gène emprunté à une bactérie insecticide au profit du même cotonnier et le voilà qui extermine lui-même ses parasites...

— On passe à table, décide Nadège.

L'oncle n'a pas jeté son grain de sel : c'est rare. L'adjoint, jouant les médusés, laisse sa barbe couler à sec. On s'affaire : à chacun son petit homard et, pour en avoir raison, à chacun son casse-noix. Mais la panetière passe et le pain d'aujourd'hui, diététique, est un cocktail de céréales. *Panem quotidianum da nobis hodie...* Saviez-vous que le rêve numéro un, au Texas, est de transférer aux céréales le privilège qu'ont les légumineuses de fixer l'azote de l'air ? Moins d'engrais. Moins de nitrate dans les eaux. Ça, c'est pour la décennie qui vient...

— Et le rêve numéro deux ? demande le prof de maths qui semble se ressaisir.

— Rendre les céréales, l'avoine par exemple, insensibles au sarclage par les herbicides. Ça, c'est pour demain.

— Et demain votre avoine, s'étant par pollen interposé mariée à sa cousine, la folle avoine, fort nuisible, vous ne pourrez plus vous en débarrasser.

— Très juste et en effet préoccupant ! admet Fried.

Avec un peu de considération dans la voix. Rien ne saurait ébranler sa passion pour ce qu'il appelle lui-même « les métamorphoses guidées de la nature », mais une bonne objection se respecte. L'adjoint, maintenant, pousse son avantage. Il affecte de s'adresser plutôt à l'oncle, premier magistrat de la commune. Ce que dit M. Redange est bien intéressant. Mais ! Mais ! Le généreux et le non moins gênant génie génétique lui donne des frissons. N'est-il pas en train de créer une sorte de religion, de faire de l'ex-Grand-Tout un Tout-Biologique, dont nous serions le clergé chargé par ce nouveau dieu Pan de hâter les lenteurs de l'éternel changement ? Le progrès ? Qu'est-ce à dire ? Avec un gène de pétunia la pomme de terre devient répulsive du doryphore. Avec un gène de carrelet, poisson arctique, les fraisiers ne gèlent plus. Avec un gène de pois la luzerne va fournir aux moutons australiens de quoi enrichir leur laine. Avec ci, avec ça, les tomates ne pourriront plus, les fruits deviendront hypergros, hypersucrés...

Il s'essouffle, Colasse. Il s'arrête un instant, il reprend de plus belle :

— Nous, les verts, forcément, nous nous tenons au courant des exploits de la *Green Industry.* Quarante espèces déjà manipulées dans une trentaine de pays : l'asperge, le brocoli, la chicorée, le chou, le concombre, la courge, le lin, le maïs, le melon, le riz, la patate, le soja, le tournesol *et cetera* !... Débarrassés de leurs virus respectifs et dopés par le céleste azote, ils vont assurer la plus saine abondance. Chapeau ! Mais qu'y a-t-il de moins sûr dans le chapeau ? Ou qu'y a-t-il d'inattendu ? Peut-on sans danger desserrer les freins voulus par la nature ? Et vos mirifiques récoltes, une fois de plus, ne feront-elles pas s'écrouler les cours sans avoir nourri les pauvres ?

Fried connaît la chanson, comme moi. Mais Colasse est diablement informé et sa défense du « pot-au-feu aux légumes naturels » a du succès dans les manifs. Nous sourions, un peu de travers. Fried murmure :

— Je n'ai pas de tourments métaphysiques. Ni même économiques. Qu'on le veuille ou non, dans cinquante ans, les trois quarts des plantes cultivées seront manipulées, les bêtes aussi et qui n'en voudra pas sera si mal loti qu'il rejoindra le Tiers-Monde. L'avenir est à ceux qui savent anticiper.

Baroud d'honneur, car la mine de Nadège s'allonge : le retraité Colasse, adjoint, tête des verts dans le canton, s'exclame comme s'il était à la tribune devant mille écolos :

— Et dire que nous sommes encore très loin d'avoir épuisé le catalogue d'Allah, dont je ne sais combien de créations disparaissent tous les jours !

Fried et l'adjoint se sont encore deux ou trois fois asticotés, puis à une heure décente ils ont quitté la Bélière en se serrant la main, très contents d'eux. Ils avaient soigneusement, c'était notable, observé le code de civilité présent : parler de la grippe — le moins possible — comme d'une entité, sans évoquer ses victimes pour ne pas troubler la sérénité de l'hôte en train de partager le gâteau.

Le travail, la tension subie, l'incertaine satisfaction m'avaient rendu la journée rude. J'ai trébuché deux fois dans l'escalier. J'avais une sorte de point de côté, à droite. A ses traits tirés il m'est apparu que Nadège était encore plus fatiguée.

XIX

La vie, le quotidien, l'amour qui s'y dilue, la routine du travail — même aussi singulier, aussi rare que le mien —, la dramatique d'écran qui affadit la vraie autour de nous, l'habitude qu'on prend du malheur des autres, leur mort qui est *la leur,* qui n'est notre affaire que dans la mesure où elle est aussi celle du médecin, du curé, du fossoyeur ou du notaire, c'est de l'ordinaire, c'est du courant, c'est le 220 qui nous éclaire à l'économie.

On oublie qu'un jour il peut électrocuter.

Ce jour avait pourtant bien commencé. Après la télé couleur dans l'espace, vient le noir sur blanc des journaux ! Surabondant, divers, contradictoire. La caméra invente peu, n'a qu'une faible marge d'interprétation. La presse en a bien davantage : surtout depuis que, court-circuitée par les ondes, sa part dans l'événement est moins d'annonce que d'opinion. L'oncle résume ça d'un trait : *Qui mange peut, mais qui lit ne peut pas suivre un régime sans sel.* Abonnée à l'Argus, la direction nous fait parvenir les photocopies des coupures qui nous concernent. Hélène en remplissait, bon an, mal an, un dossier. En quarante-huit heures il a fallu en ouvrir un autre.

— C'est fou ! disait-elle, parlant du nombre comme du contenu et les yeux humides en me regardant.

On me tressait des couronnes, oui, mais d'épines pour un bon tiers et je ne m'attardai vraiment que sur celles-là. *Une victime ? Voire ! N'avons-nous pas plutôt affaire au complice d'une diversion, d'une distribution de tran-*

quillisants ? Ou encore : *Quel est donc ce sauveteur en retard qu'on innocente en accusant le fléau d'être en avance ?* Ce n'était pas si mal vu. Ailleurs, certes, on pouvait se gausser : *Allons, docteur Alleaume ! Avouez que vous combattez ce que le docteur Pirie dénonçait déjà en 1957 : un de ces mutants dus aux retombées radioactives des expériences nucléaires de Sibérie ou des atolls du Pacifique.* Mais c'était l'édito du *Drapeau Noir* qui remportait la palme : *Ne nous y trompons pas ! L'affreux dépôt de gaz toxiques de Fisbach (sarin, tabum, voman ou pire), en plein parc du Palatinat, est franchement offensif. La recherche d'un vaccin polyvalent, que n'aurait pas l'adversaire, est plus sournoisement une arme déguisée dont l'emploi civil masquera le militaire...* Bref, des gens à remercier ! Dans l'excessif le contre vous hisse plus haut que le pour.

— *The Sun, De Telegraaf, Vers l'avenir, Stern, Ouest-France, Tageblatt, Télé-7-Jours, L'Express, Tiempo* et d'autres et d'autres, gémissait Hélène, ça sonne, ça demande des interviews... Que dois-je répondre ?

— Regrettez : je travaille.

— Et les demandes d'articles à tant de dollars la page ?

— Regrettez : je travaille.

La réserve accrédite, la gratuité vaut cher. Même attitude à prendre à l'égard des collègues ! Ils vous chantent bravo, mais vous traiteront de bravache si tant soit peu vous humez l'air de haut. L'altitude tolérée peut passer au-dessus du nombril parce qu'il est invisible, mais est censée n'atteindre que le milieu du sternum derrière quoi bat le viscère appelé cœur : le pur chercheur, ce n'est jamais pour lui qu'il cherche ni qu'il trouve, même si ensuite il fait de l'or en barre. L'orgueil est humble. Il faut se tenir en main lorsqu'on vous considère.

Comme tout de même je risquais d'être un peu grisé, je me suis expédié au labo.

Rincé, pas encore harnaché, je me suis présenté dans le couloir juste au moment où le surveillant de service lançait dans le haut-parleur :

— Attention, messieurs ! La pression baisse dans un scaphandre. Valve qui se bouche ou manque d'étanchéité. Débranchez. Sortez aussitôt, calmement, vers la douche.

Bien que tout ce qui est pointu ou susceptible d'accrocher soit banni de nos locaux, cette sorte d'incident, notamment arrivé à Martin, reste inévitable du fait même de l'entrelacs de fils, de tuyaux et, surtout, de leurs connexions. La demi-douzaine de ceux que j'ai connus sont restés anodins. Mais réglementairement objets d'un rapport, suivi d'une inspection minutieuse, ils font perdre d'autant plus de temps qu'un scaphandre est toujours fait sur mesure, qu'il est aussitôt révisé tandis que toute l'équipe, jusqu'à découverte de la panne, est évacuée vers le labo de secours, lui-même indisponible avant contrôle de mise en train.

Une journée de perdue, au moins, pour nous tous. Je n'avais plus qu'à retourner au bureau. Mais je n'y étais pas depuis dix minutes qu'une fois de plus le téléphone sonna :

— Pour vous, personnellement ! annonça Hélène avec un drôle d'air.

Le boîtier affichait le 002, le numéro du secrétariat de la Direction si souvent, pour me joindre, employé par Nadège. Mais à l'autre bout du fil on toussait avant de dire d'une traite sans autre précaution :

— Mme Alleaume s'est trouvée mal ; elle est en chambre d'isolement à l'infirmerie en attendant l'ambulance.

La politesse, automatique, m'a fait sortir de la bouche : *Merci, mademoiselle ;* et le saisissement ne me laisse murmurer, à l'intention d'Hélène, rien d'autre que : *Je reviens !* Pourquoi ai-je très soigneusement refermé la porte du bureau ? Il ne faut pas courir : se précipiter inquiète, à commencer par soi. Il faut d'une inclinaison de tête saluer qui l'on rencontre. En marche, sur fond de semelle, il faut faire taire une dispute de voix : celle qui croit que *ça peut être autre chose* et celle *qui sait ce dont il s'agit ;* celle qui crie : *Non, pas la seconde !* et celle qui prédit : *L'une et l'autre !*

A la porte le doute n'est plus permis. L'infirmière, en m'ouvrant, n'a qu'un seul mot : *Quarante !* Dans la pièce nue dont les cloisons ripolinées se renvoient des luisances crues, rien qu'un lit où Nadège attend, tout habillée, sous un plaid. Les frissons qui la secouent, la rougeur du visage, la sueur qui perle aux tempes, la respiration sifflante, les paupières que la migraine fait par instants frémir sur des yeux brûlants, on ne fait pas mieux comme violente préface de grippe. Mais Nadège reste Nadège : attentive et lucide. Elle dit, forçant sa voix :

— Ne t'approche pas.

Et résumant, au plus court, ce qui lui arrive :

— Je l'ai !

Révolté, mais non moins ridicule, voilà ce que je suis. A longueur d'année j'aurai lutté, avec d'infinies précautions pour protéger ma petite vie, contre un mal que l'infirmière affronte avec un simple bout d'étoffe, genre litham, relevé sur le nez. C'était quelque chose d'abstrait, un danger virtuel comme l'image que j'en avais sur écran, c'était de l'*in vitro,* devenant seulement de l'*in vivo* au détriment de négligeables bestioles... Changement d'échelle ! Affreux concret ! La surgrippe s'incarne dans ma femme, avec cette brusquerie classique de syndrome fébrile aigu qui la révèle, mais ne dit rien d'où elle vient, ni depuis combien de temps elle couvait, ni de quelle contagion — l'oncle ! la fille ! — sont menacés les proches.

— As-tu prévenu ? souffle Nadège.

— Le téléphone est dans la pièce à côté, dit l'infirmière.

Elle y passe avec moi. J'appelle : d'abord à la maison, ensuite à la mairie. Personne. Une main se pose sur mon bras :

— Il faut que je vous le dise, docteur : Mme Alleaume ne peut pas rentrer chez elle ; c'est interdit. Elle m'a parlé d'une chambre à L'Espérance, à Sedan... Mais les cliniques ne reçoivent plus de grippés : leurs malades et surtout leurs opérés, contaminés, avaient peu de chance de s'en sortir. L'envoi dans le service spécial de regroupement, créé dans chaque hôpital, est devenu obligatoire.

Et plus bas, en confidence :

— C'est le huitième cas qui se produit au Centre

depuis que j'ai remplacé la titulaire, décédée. J'attends mon tour.

Presque aussitôt sont arrivés deux ambulanciers équipés de combinaisons analogues à celles des pompiers de village quand ils doivent détruire un nid de frelons. Ce n'est pas une civière qu'ils utilisaient, mais une coquille à poignées et capote rabattue comme celle d'un landau. L'anonymat y était moins sûr que le confort. Les portes entrebâillées au long des couloirs, je ne les ai pas comptées. Tout le monde savait déjà, de fil en fil, quelle était ma défaite : même les vigiles dont les vantaux s'ouvrirent tout seuls devant nous.

Crispé sur mon volant — rond comme un zéro de chance — je suivis le gyrophare bleu jusqu'à la frontière où faillit se produire un absurde incident. Le raid de la fausse ambulance, venant du nord, depuis Amsterdam, et se déroutant par les tortillantes petites routes de l'Ardenne, c'est un classique de la drogue. Dans ce petit poste où les passages sont rares et où ils ont le temps de romancer, les douaniers, s'attardant sur les papiers de bord, restaient méfiants malgré l'indifférence de leur chien renifleur qui compissait un pneu. Il fallut que je descende de voiture pour intervenir... et mesurer le pouvoir d'une présence consacrée par la télévision :

— Hé, chef, savez-vous, c'est le docteur qui est passé sur la Trois, avant-hier.

L'accès au parking de la « Section réservée », devenue en somme une sorte de lazaret provisoire, me fut probablement accordé pour la même raison lors de notre arrivée à l'hôpital : l'ambulance passa ; la barre retomba ; puis le gardien, me dévisageant, eut un petit haut-le-corps et appuya sur le déclencheur. A l'entrée du service, sous l'auvent, se tenait un agent, sûrement chargé de refouler certaines catégories de visiteurs, clairement désignés par une affiche collée sur un panneau et, en gros caractères, rouges sur noir, énumérant d'impératives précautions :

ACCÈS INTERDIT AUX VIEILLARDS ET AUX ENFANTS

CONJOINTS ET PARENTS SEULS ADMIS
N'EMBRASSEZ PAS, NE TOUCHEZ PAS
LES MALADES
TENEZ-VOUS AU PIED DE LEUR LIT
NE RESTEZ PAS PLUS DE DIX MINUTES
NE REMPORTEZ NI LINGE NI EFFETS
PORT DE CAGOULE RECOMMANDÉ

La dernière consigne fut aussitôt vérifiable. Les secrétaires qui donnaient à remplir le questionnaire d'admission, qui réclamaient les papiers, avaient encore la tête nue. Mais, un peu plus loin, les auxiliaires transférant Nadège sur un chariot et le poussant dans un long couloir, les filles de salle qui nous croisaient sans nous prêter nulle attention, l'interne de permanence, ils avaient, tous, la capuche transparente, depuis peu fabriquée en série, achetable ou louable sur place, et distribuée au personnel pour protéger la respiration tout en empêchant les cheveux de jouer le rôle d'éponges à virus. Il la portait aussi, ce médecin âgé aux sourcils déjà blancs survenu tout juste au moment où le chariot pénétrait dans la chambre 107, conçue pour trois et encombrée de quatre lits, dont un caché par un paravent. Je l'avais vu quelque part, ce toubib, mais oublié son nom. Il se pencha sur Nadège qui ne réagit pas, qui saignait du nez, qui geignait faiblement, inerte. Il marmonna :

— Syncope. Faites vite, Albert.

Puis, attendant le nécessaire, il se releva, les mains croisées, les épaules rentrées, et reprit :

— On sait ce qu'on vous doit, monsieur. Si quelqu'un ne méritait pas cette épreuve, c'est bien vous.

Son nom soudain me revint en mémoire : il s'appelait Faramon ; il était indicateur hospitalier ; je l'avais rencontré dans un congrès. Sa façon de me tendre la main me fit comprendre que je devais me retirer.

En fait d'épreuve il m'en restait une autre, accessoire, mais pénible : rentrer à la Bélière pour ne laisser à personne le soin d'avertir la famille.

XX

Sur la route, le jeudi matin, nous avons eu droit à une froide récréation de soleil, illuminant givre et verglas. Oncle et fille, bien entendu, avaient décidé de m'accompagner. En vain.

— Nul n'entre ici s'il n'a pas plus de dix-huit ans et moins de soixante. Le grand-père et la demoiselle doivent attendre dans la voiture, fit rudement l'agent de service qui battait de la semelle, dehors, par cinq au-dessous de zéro.

J'entrai donc seul dans la chambre 107. Un paravent dissimulait toujours le lit du fond où personne ne semblait bouger. Au milieu une jeune femme, très enceinte, mais apparemment convalescente, parlait à mi-voix avec sa mère, debout, sous capuche, à deux mètres d'elle et leur entretien avait quelque chose d'étrangement carcéral. De Nadège, couchée sur le côté, la tête enfouie sous ses cheveux, on ne voyait vraiment que son bras droit dont la manche aux trois quarts retournée laissait voir la fixation de l'embase d'intraveineuse à quoi se raccordait le mince tuyau descendant du goutte-à-goutte. Elle dormait ou était si prostrée qu'elle ne m'entendit pas lui demander bêtement :

— Ça va ?

Cinq minutes plus tard, en repartant, je rencontrai l'interne et ne lâchai qu'un mot :

— Pronostic ?

Il détourna les yeux :

— Je ne peux pas encore vous rassurer.

Absolument tenu, le vendredi, de participer à un collectif chargé d'examiner certaines mesures de sauvegarde — collectif déjà surnommé par la presse *le conseil de panique* — je n'ai pu retourner à l'hôpital qu'en fin d'après-midi. Sachant bien que les chambres 100 à 180 étaient réservées aux cas considérés d'emblée comme graves et que, pour eux, l'espoir renaît s'ils passent le cap du troisième jour, c'est haletant et crispé que je remontai ce couloir rigoureusement propre où régnait une âcre odeur de souillures mêlée à celle de je ne sais quel désinfectant. Comme toutes les autres, afin de faciliter la surveillance des consignes de visite, la porte de la chambre était ouverte. Au fond deux infirmières déshabillaient une religieuse pliée en deux par une violente quinte de toux. Au milieu, une très jolie jeune fille de couleur, trop malade pour se soucier du sein évadé de son pyjama rose déboutonné, grelottait de toutes ses dents.

Le paravent, qui cache les agonies, entourait le lit de ma femme.

XXI

Elle était morte pour la seconde fois.

De notre situation particulière nous ne parlions jamais tant elle nous paraissait naturelle et en même temps susceptible d'inspirer à autrui une indécente curiosité. Peut-être aussi parce que la petite phrase, lancée un jour par Nadège, ne m'était pas apparue comme une simple boutade :

— Je suis la même, mais je suis la seconde.

Si c'en est une, il ne m'est jamais venu à l'esprit d'y voir une originalité de ma vie privée qui m'a toujours semblé et que j'ai toujours voulue riche de sa banalité. Je ne fume pas, je ne bois pas, je mange peu. Je ne suis pas un ogre de plaisirs, ceux du lit compris, agréables, mais répétitifs et en fin de compte surfaits. Je ne me lasse ni de ce que j'ai ni de ce que j'aime et pas plus des gens comme des lieux. Je n'arrive pas à m'ennuyer, sauf quand on me force à perdre des plis au bridge ou à faire vibrer ma fibre nationale en acclamant les coups de pied magistraux qui rendent triomphante la trajectoire d'un ballon shooté entre deux poteaux par d'heureux gaillards qui gagnent, paraît-il, dix fois plus qu'un chercheur de haut niveau. Je lis beaucoup : des revues comme *La Recherche* ou *Pour la Science,* des ouvrages techniques, voire des romans avec sobriété. Je ferme la télé dès qu'apparaît un revolver. J'ai un zèle japonais pour mon job...

Il se pourrait qu'ainsi fait je sois pénible, pour beaucoup de femmes. Le cher oncle m'ayant élevé, en bon célibataire, dans la crainte des mondaines, des bécasses, des bas-bleus, des cagotes, des filles-à-maman, des souillons et des mesquines, je pouvais chercher longtemps. Mais j'ai au contraire eu de la chance au départ. La simple, la douce, la nette, telle qu'il me la souhaitait, je l'ai rencontrée très tôt, voilà un peu moins d'un quart de siècle, quand j'étais étudiant à Reims. Et je l'ai rencontrée en double, chacune d'elles trottant en somme à côté d'elle-même et n'en différant que par les dernières lettres de prénoms évidemment choisis tout exprès par leur mère : Nadine et Nadège. Filles jumelles d'un officier tué à Diên Biên Phû, elles habitaient le deuxième étage d'une maison où je louais une chambre meublée à une vieille dame du cinquième. L'oncle lui-même a glissé dans le mélo en me demandant si je n'avais pas hésité entre l'une ou l'autre : ce qui est, on le sait, un classique du genre. J'ai dû le décevoir. En fait Nadine, je la voyais tous les jours à l'école de médecine, tandis que Nadège préparait une licence d'anglais. Nous nous sommes mariés très vite alors que nous étions tous deux encore en fac. Le drame s'est produit sept ans plus tard : un rhume négligé qui devient sinusite perforante, puis méningite, c'est rare, mais ça ne pardonne pas. Bérengère avait six semaines. Nadège, s'occupant aussitôt d'elle, n'eut pas plus que moi le sentiment de commettre un inceste au second degré — considéré longtemps comme tel par l'Eglise et par la loi malgré l'exemple de Jacob, époux des deux filles de Laban. Ni tante ni belle-mère, pour Bérengère, elle était avant tout une réincarnation.

Tout rassemblement demeurant interdit, y compris les funérailles avec leurs défilés de condoléances et l'incinération immédiate étant recommandée, c'est au crématorium que nous ont rejoints Fried et Corbini représentant le C.E.V., Colasse l'adjoint, Me Logouet le notaire, le curé et un seul enfant de chœur.

Après le passage à l'église, la messe basse, l'absoute, sans chantre ni autres fidèles, nous sommes remontés à la Bélière où Bérengère, glacée, étrangement calme, avait décidé de répandre les cendres au pied du grand rosier grimpant qui couvre une partie de la façade et dont l'habituelle abondance de fleurs désormais ne nous fera plus oublier ses épines.

Je suis reparti aussitôt après vers le Centre où j'ai gagné d'un pas sec le laboratoire. L'acharnement à ce qu'on fait peut sublimer la rage. Pas un mot, pas un geste qui ne soit laborieux. De ma présence, en un tel jour, Donald et Ohannès ne pouvaient s'étonner : ils avaient bien compris pourquoi.

XXII

Photos, ici et là, le plus souvent à la une. Les mêmes mentions se répétaient, analogues à celle du *Courrier de l'Est* qui titrait : INJUSTICE CRIANTE au-dessus d'un petit texte maladroit : *Le docteur Alleaume dont l'épouse vient d'être enlevée par le fléau qu'il a prédit sans être écouté et combattu sans être secondé...*

La compassion peut être bien gênante quand son ardeur pour vous devient offensive pour d'autres, dont en fin de compte vous ne pouvez pas trop vous dissocier. Millesond, Binch et consorts n'ont jamais cessé d'être sincères dans la trouille professionnelle que légitime leur métier : l'un des plus exposés à la remise en cause des acquis de la science, jugée sur ses dérives, et à la recherche effrénée, en cas d'accident, de ces boucs émissaires qui sauvent les responsables. Solitaire sur un point, solidaire sur le reste ! Comment par ailleurs supporter cet apitoiement douteux, ce regain de notoriété en quelque sorte offert comme un dédommagement de la mort de Nadège ?

Il n'était que trop facile de rompre mon vœu de silence. Découragés par les vigiles du C.E.V., des journalistes, Nagra en bandoulière, et des porteurs de caméras, leur engin déjà installé sur l'épaule, s'étaient présentés sans succès à la Bélière dont la cochère ne s'ouvrait brièvement que pour ma voiture. Mais le troisième jour j'en laissai grincer les battants pour faire passer une équipe de la Trois qui revenait tenter le coup sans conviction : équipe composée de deux jeunes techniciens et d'une fille, à peine plus âgée et déjà fort habile à manier la question, abrupte ou biaisée. Le rosier, défeuillé par l'hiver, fut filmé. Le portrait fut filmé. Les dix minutes accordées s'étirèrent sur une heure sans que je m'en rende compte.

— Vous sentez-vous trahi ? demandait la fille.

— Nous le sommes tous par le hasard et par le temps.

Sur ce thème je pouvais me lâcher. Oui, j'avais été trahi par les deux. Je restai ferme sur l'innovation qui permettrait d'éviter dans l'avenir une pareille tragédie. Dans l'avenir, non dans l'immédiat. Les décideurs, je ne pensais pas devoir les excuser, ce qui est une façon molle d'accuser. Ils avaient, à mon sens, estimé impossible d'assurer les changements de méthodes, de moyens, de coûts, d'équipements et de compétences nécessaires. L'argument célèbre des militaires, *On ne change pas d'armure comme de chemise,* reste valable dans beaucoup de domaines...

L'équipe s'en fut, plus satisfaite que moi et je ne doutais pas de l'usage qu'elle ferait aussitôt de son interview, largement rediffusée. A vingt heures trente, en effet, mal à l'aise, me reprochant de n'avoir pas respecté mon chagrin, mais étonné de m'être étendu, sans être coupé, sur des sujets débordant les questions, je ne fus pas moins surpris par un coup de fil de Tony :

— Je voulais vous redire, Eric, quel crève-cœur je partage avec vous. Et aussi vous remercier. Je viens de vous écouter. Si je résume, un peu abusivement, votre intervention, vous y avez reconnu qu'avoir raison ne signifie pas qu'en face on ait tort. Rien de plus juste ! Votre tristesse donnait à vos propos un accent singulier. Mais comme ma femme j'ai découvert en vous ce dont peut-être vous ne vous doutez pas : un don de parole qui pourrait bien, désormais, être sollicité...

Ce que dit Tony, il faut en prendre et en laisser, mais j'avoue que sur le coup je n'ai pas senti la lèche.

Le soir je me suis réfugié sous la coupole. Les deuils s'adoucissent, par moments, dans le partage ; à d'autres, surtout le soir, ils se renforcent. Bérengère, dont le lycée venait de fermer, s'acharnait toute seule sur des équations. A la mairie l'oncle essayait de régler des problèmes étranges : surveillance de démarcheurs en médications illusoires ; récupération de concessions à perpétuité ; enfermements volontaires, surtout pratiqués par de vieilles gens vivant sous trois verrous et ne tolérant d'être ravitaillés que par la fenêtre du premier étage.

Je grelottais et ce froid était le bienvenu, comme la petite douleur intermittente, difficile à situer, qui me faisait desserrer ma ceinture : les plaintes du corps détournent un peu de celles du cœur. Je n'avais pas encore touché au télescope. Je ressassais... Aurait-elle pu être sauvée ? Peut-être oui ; à la rigueur, oui, si j'avais osé pratiquer sur elle ce que j'avais tenté sur moi ; et malheureusement non, sûrement non, faute d'en avoir le droit : un risque, ça ne peut se prendre que pour soi. Et nous en étions là, encore. Et ma fille et mon oncle, frôlés de si près par la contagion, ne cesseraient pas de sitôt d'y être exposés...

Alors, brusquement, pour n'y plus penser, j'ai fait tourner la coupole, raccordé la prise, consulté l'ordinateur et avec son aide pointé sur M 33, la galaxie du Triangle : plus diluée, moins belle que celle d'Andromède, mais plus proche, si on peut qualifier ainsi un objet situé à une distance que la lumière ne parcourt qu'en dix mille vies de soixante-quinze ans. En dix-huit mille vies de Nadège.

Elle était à sa place, M 33, elle filait son insensible train d'araignée à pattes lumineuses et je me laissais aller. Que signifie encore *monter au ciel* ? Quand elle vivait Nadège, et qu'elle nous entendait, l'oncle et moi, parler d'extraterrestres, de messages envoyés au hasard — la formule du sucre, le nombre pi à cinquante décimales —, elle riait. Elle disait, comme ce vieux bougon de sénateur Proxmire, qu'en fait d'êtres intelligents il était plus urgent d'en chercher sur la Terre et que nous étions naïfs comme Baudouin, l'amateur-roi, rêvant de *petits frères imprévus de saint François.* Elle disait que si, comme nous, les hommes, singes debout sur notre pile de vertèbres, nantis d'un kilo de cervelle, arme molle inventant hélas ! toutes les autres... si comme nous, dans le gala de galaxies, des semblables n'avaient que des ventres à remplir, des sexes à emboîter, des magots à disputer, des croyances baroques à troquer, des bombes à lancer, vraiment, on pouvait se passer de les découvrir. Et nous, l'oncle, le mari, la fille, nous lui répondions, avec un sérieux ridicule, que là n'était pas la question, que le tout ne peut se passer de rien, que ce monde est construit pour ses fatalités, que c'était clair : un peu plus de gravité et les étoiles auraient brûlé si vite que la vie n'aurait pas eu le temps d'apparaître ; un peu moins de gravité et les étoiles ne se seraient pas allumées dans une nuit éternelle. Etroit prodige, assurions-nous, qui agence ce monde, qui nous force à en être !

— Pour disparaître ? s'étonnait-elle.

XXIII

Dix jours plus tard, au moment de changer d'année, on pouvait dire qu'elle avait atteint son rang, inscrit sa date dans l'histoire, la surgrippe. Elle continuait de plus belle, gagnant encore en virulence et n'ayant perdu que son effet de surprise.

Catastrophe lente, en effet, une telle épidémie se compare assez bien à une guerre traînante dont les communiqués avouent régulièrement les pertes. Subie de près par les uns, elle se rétrécit à la cruelle malchance. Subie de plus loin par les autres, elle semble les habituer, les résigner à vivre une période de surabondance de sacrifices humains.

Pas de neutres, pourtant, chacun pouvant être attaqué à son tour. Pas de front, non plus. Mais ce même mélange de courage et de couardise, de dévouement et d'égoïsme. Je m'attendais bien à certaines conséquences ; à d'autres, beaucoup moins. Le tragique n'exclut pas le comique et même le ridicule.

Si Noël ne pouvait être fêté par nous, évidemment, il semblait ne l'avoir été que par une minorité, à en croire les mandataires aux Halles désolés de n'avoir pu écouler que la moitié de leurs dindes.

Les maisons isolées, souvent vides, du désert rural se louaient soudain fort cher malgré leur inconfort et la rudesse de la saison qui ne décourageait pas non plus des retraites folles, des campings sauvages sur les îles de la Loire, par exemple, ou sur les petits îlots du golfe du Morbihan.

L'assistance à la messe ou au culte devant la télé, déjà usuelle pour les impotents, provisoirement admise pour tous, se montrait significative : Dieu n'étant jamais mieux prié par ses fidèles que dans la crainte d'avoir à Le rencontrer, tous les sondages s'accordaient pour signaler une forte hausse de l'audimat religieux.

Les écoles et les universités restant fermées, la plupart distribuaient des cours ou des devoirs par correspondance... et les copains se copiaient par téléphone.

Les ventes des petites boutiques, pour une fois, se redressaient au détriment des supermarchés et des grands magasins aux malsaines cohues.

La faillite décimait les agences de voyages, menaçait les hôtels, les cinémas, les théâtres et, plus encore, les stades où les coûteuses équipes de première division ne jouaient plus pour des foules hurlantes, mais pour quelques supporters sans cris et sans drapeaux.

Aussi inquiètes, les compagnies, trop engagées dans l'assurance-vie ou dans le contrat-obsèques ! Leur prétention à exiger, avant la signature de toute police nouvelle, un certificat de guérison de la surgrippe était l'objet de vives contestations.

La même exigence, se généralisant pour l'embauche, faisait hurler les syndicats.

En somme, avec les Pompes Funèbres, les seuls bénéficiaires de la situation devenaient les généralistes — à leurs risques et périls ; les agences de travail temporaire colmatant les trous de l'absentéisme ; les fabricants d'atomiseurs chargés d'aérosols décontaminants et devenus obligatoires dans les bureaux ou les ateliers ; les notaires accablés de successions ; les guérisseurs réputés pour leur « fluide antiviral ».

Sous la forme d'une lunule de jais — vrai ou faux — était apparue l'épinglette de deuil fixée sur la cravate ou le chemisier. Mais, plus significatif encore, se répandait le port de la *nasette,* double petit filtre enfoncé dans les narines, censé protéger la respiration en atmosphère viciée et nettement héritier — bien que *made in China* — du bec à parfums antipesteux des mires du Moyen Age.

Indiscutablement une fille se sentait plus à l'aise en

fréquentant un *réchappé*. On vit plusieurs fois cette qualité jouer en faveur d'un candidat lors d'une élection partielle obtenue de justesse malgré un prévisible record d'abstentions.

Fait notable, une partie de ces privilégiés se montraient secourables et s'étaient rassemblés pour fonder une association d'aide aux malades isolés ou abandonnés des leurs dans le style ancien des *charitons*.

Sans y prétendre, que faisions-nous d'autre, à notre façon, au *Spécial* depuis des semaines ? Pour ma part, ne trouvant que là un peu d'oubli et de revanche, je n'y voyais aucun mérite. Enfin maîtres de nos cultures, domestiquant le Bombay pour préparer les premières doses à tester, nous allions aborder la seconde phase : la plus ennuyeuse, la plus longue, celle des contrôles répétitifs. D'après Tony, mieux renseigné que quiconque sur les travaux des autres instituts, nous n'avions ni avance ni retard. Je le savais assez ficelle pour l'affirmer gratuitement, mais sur un point je devais reconnaître qu'il avait vu juste. Deux émissions nouvelles venaient de naître : sur la Deux *la Télécole*, réservée aux élèves du primaire, et sur la Une *Où en sommes-nous ?* dont le titre résumait le programme. Pressenti, j'avais accepté — autre dérivatif — d'y participer à l'occasion.

XXIV

Nus jusqu'à la ceinture derrière un adjudant que la même tenue privait de son grade, trente hommes, des longs, des petits, des moyens, tous coiffés court, peu rassurés, alignant dos après dos des séries d'osseuses omoplates jouant à diverses hauteurs, attendaient la piqûre. L'armée, qui n'avait pas voulu dissoudre le contingent, pourtant sévèrement touché, présentait des volontaires. Nous n'en manquions pas. La veille, un lot d'infirmières, choisies parmi les plus exposées, toute l'équipe du H.S., des chercheurs, des employés du Centre ainsi qu'une dizaine de médecins aptes à déceler les effets indésirables s'étaient succédé dans une salle surchauffée, interdite aux reporters refoulés vers l'auditorium et devant qui Millesond avait récupéré de la gloire en affirmant :

— Ici, nous avons pris tout le monde de vitesse et les Américains sont à la traîne.

Ce qui n'était pas faux. Mais nous, Européens moins triomphants, n'ignorions pas qu'à Paris, Londres et Berlin, on se félicitait aussi, pour les mêmes raisons. Satisfaction hâtive : il faut quinze jours d'attente pour qu'un vaccin se révèle comme probablement efficace ; durant cette période, faussant l'expérience, certains patients, couvant sans le savoir la surgrippe, pouvaient encore la développer. Et puis, du fait de la gravité de l'affection, nous n'avions pas utilisé le procédé connu sous le nom de *double aveugle* qui permet d'administrer à la moitié des volontaires une vraie dose et à l'autre moitié un placebo. Impossible d'exposer cette dernière à un risque mortel ! Il faudrait donc attendre plus longtemps — et répéter — les témoignages d'immunité.

L'adjudant, qui était roux, passa le premier, redressa la tête en l'honneur de l'aiguille et, emporté par l'habitude, fit demi-tour en saluant militairement. Quand il est reparti, une heure plus tard, avec ses hommes et un capitaine médecin qui supervisait l'opération, je n'ai pas estimé devoir leur dire que les seringues utilisées testaient deux contenus différents.

XXV

Où en sommes-nous ? L'émission de Luc Darmont, l'animateur, comporte deux ou trois séquences, d'importance variable selon l'actualité. Les invités, dépassant rarement la demi-douzaine, sont soigneusement divers. C'est fin janvier que je suis arrivé sur le plateau avec Italo Corbini, le professeur Lechort, ponte de la bioéthique, le docteur Barrède, généticien, le père Braz, curé breton, et une jeune généraliste dont j'ai oublié le nom. Tout de suite je fus sur la sellette, sommé de répondre à l'unanime question :

— Dans combien de temps ?

L'embarras, à la télé, n'est pas de mise. Pourtant donner une date, même approximative, c'était mentir. Faire comprendre qu'entre les essais et la campagne de vaccination les délais ne peuvent s'écourter, parler de célérité de notre part — ce qui pourtant restait exact — relevait de la provocation pour un curé qui chaque jour extrémisait des ouailles. Le père Braz clamait :

— La prudence ne doit pas faire oublier l'urgence !

J'étais bien de l'avis des téléspectateurs consultés en direct et saturant le standard. Pas de doute : il fallait foncer dans le concret, il fallait me lâcher :

— Désolé de vous décevoir, mais je vous dois la vérité. Une fois le vaccin homologué, nous ne serons pas pour autant sortis de l'auberge ! Entre autres problèmes va se poser le plus risible en apparence, mais non le moindre : celui des œufs. Eh oui, je rappelle qu'il faut des œufs pour obtenir le vaccin. Des millions. Et pas n'importe lesquels. Impossible de les collecter dans les batteries ordinaires. Seules des pondeuses passées sous le coq, fécondées, peuvent fournir des œufs embryonnés, qu'une couvaison partielle en incubateur met en état d'être infectés et de fournir chacun, en moyenne, une demi-dose de vaccin brut à inactiver...

— Et alors, dit l'animateur, où est la difficulté ?

— Et alors, calculons. Sur combien d'œufs soit de ferme, soit d'élevage spécialisé pouvez-vous tabler ? Pour quatre-vingts millions d'Allemands, par exemple, casse et ratage compris, deux cent cinquante millions d'embryonnés sont indispensables. Je vous défie bien de les réunir sans un décret de réquisition qui, conséquence fatale, fera pour des mois disparaître le poulet ; et la poule au pot, réservée pour la reproduction. C'est inattendu, mais sûr et bon à dire pour qu'on y pense tout de suite...

— Je crains que le docteur Alleaume ait raison, fit Corbini.

Le père Braz n'avait pas l'air convaincu. Il fallait donc aller jusqu'au bout puisque j'avais la parole :

— Est-ce tout ? Malheureusement non. Nos œufs obtenus par miracle, de quelle embauche qualifiée, au moins triple de l'actuelle, allons-nous disposer pour mener à bien les minutieuses opérations nécessaires ? Est-ce tout ? Pas encore. Lors de la sortie des premières doses, qui pique-t-on ? Et qui pourra y suffire ? En lardant leurs huit cent mille Allemands par jour, infirmiers, infirmières, médecins du privé, du public, de l'armée, n'en viendront à bout qu'en près de trois mois. Ajoutons-les aux précédents délais et demandons-nous quand, en plus des sacs de riz habituels, nous pourrons expédier des vaccins au Tiers-Monde surpeuplé qui risque, dans l'intervalle, de s'éclaircir un peu...

Le rôle de Cassandre est ingrat. Tous les yeux m'en voulaient. Soulageant son public, Darmont glissa vers un autre sujet :

— Nous y reviendrons. Mais je voudrais avoir votre sentiment à tous sur l'événement de la semaine qui est peut-être celui de la décennie. Nous avons tous été un peu soûlés par des histoires, devenues banales, de bébés-éprouvettes, de mères fécondées par des pères-paillettes, de parturientes ménopausées, de location d'utérus. Voilà qu'on nous annonce tout autre chose ! Un certain Dr Floss, de Pretoria, aurait fait mieux. Grâce à lui une veuve aurait refait son fils unique en état de coma dépassé à la suite d'un accident de moto. Docteur Barrède, c'est une première ?

— Peut-être. On l'avait réussi sur le crapaud. Jamais sur l'homme. Mais je demande à voir...

— Même remarque préalable, dit le Pr Lechort, un obèse aux yeux bleus dont le regard est redouté de ses élèves. Expliquons bien ce dont il pourrait s'agir. Une veuve a perdu son fils. Elle a trente-sept ans, elle reste tout fait apte à la procréation, elle fournit au Dr Floss un ou plusieurs ovules. Floss, sans rien léser, en aurait retiré le génome pour introduire à la place un noyau entier d'une cellule du fils et l'ovule, gardant son pouvoir, acceptant ce programme, serait devenu un œuf qu'il suffisait dès lors d'implanter.

— Donc, dit Barrède, ça donnerait un enfant strictement identique à son frère, jumeau né dix-huit ans après lui et possédant les gènes du même père défunt redevenu géniteur sans fournir une seule goutte de sperme ni sortir de son caveau.

— C'est fou, s'exclama le père Braz. A ce compte-là je pourrais, moi aussi, me reproduire sans rompre son vœu de chasteté.

— Soyons sérieux si ce sujet peut l'être, reprit le professeur. Dans ce cas de figure une femme peut refaire son grand-père, sa mère, son oncle, son cousin et, pour mieux dire, n'importe qui, parent ou étranger. Rien n'empêche plus de tirer d'un génie un second exemplaire.

— Intéressant ! embraya la généraliste. S'il est élevé différemment, le clone, voilà qui donnerait aux philosophes l'occasion de mieux faire la part de l'inné et de l'acquis, des circonstances et de l'insertion sociale.

Darmont lissait sa petite moustache avec satisfaction. Le gros sujet passe toujours mieux que le grand. Les standardistes, affolées, enregistraient, à l'étonnement général, un tiers de *pour* contre deux tiers de *contre*.

— Ça vous étonne ? bougonna le père Braz. Dans vos deux tiers de contre j'aimerais savoir combien d'entre eux approuvent l'avortement, cet eugénisme par euthanasie préventive. Nous ne sommes pas loin de céder aux vœux de M. Crick, prix Nobel, qui rêve d'un permis de naissance accordé aux seuls fœtus porteurs d'une bonne dotation génétique. Votre Dr Floss ne fait qu'ajouter un fleuron au grand détournement des lois de la nature.

Excellentes pour l'audimat, fusèrent des interjections. Darmont, tout de même, y coupa court :

— Le père Braz condamne. A tour de rôle, puis-je vous demander votre avis ? Docteur Alleaume, s'il vous plaît ?...

A vrai dire j'étais à la fois incrédule, admiratif, et décontenancé. Des nouveautés « énormes » ont bousculé le siècle et nous avons dit non à fort peu d'entre elles.

— Il s'agit, fis-je lentement, d'un cas particulier de prêt d'utérus avec implantation de clone. La loi là-dessus s'est exprimée. A titre de curiosité, puis-je faire cependant remarquer qu'il existe dans l'ovule des gènes secondaires assurant ce qu'on a pu appeler « une généalogie d'Eve en Eve ». Il demeure donc entre l'ovule trafiqué et l'œuf reconstruit un indéfinissable degré de parenté.

— C'est un effet pervers, dit Corbini. Il y en a d'autres, plus graves. Seul, le brassage des gènes peut rendre un être unique. Un cloné, ne l'étant plus, ne vivrait pas *sa* vie.

Le Pr Lechort, dont le goût pour les propos solennels est connu, étendit les mains :

— N'allons pas plus loin, mes amis ! Ce qui est en jeu, dans cette affaire, c'est l'atteinte à la dignité, à l'intégrité de l'homme...

Mais le joli rire frais de la jeune généraliste se permit de l'interrompre :

— Hélas, professeur ! Depuis quelques millions d'années nous avons porté atteinte à l'intégrité du singe, puis à celle du primate, à celle de l'africanthrope, à celle de l'homme des cavernes et même à celle du Gaulois. La chasse à l'ours est devenue la chasse au possible. Même scandaleuse, peut-on l'arrêter ?

— Ça se prohibe ! fit le professeur.

— Et, prohibé, ça se braconne, rétorqua la jeune femme. Si nous revenions à la surgrippe... Le sujet, pour l'instant, me paraît plus sérieux, plus pressant. Nous autres, petits médecins de quartier, en savons quelque chose. Nous autres, nous écoutons les gens. Sida, surgrippe, cancer, on se croirait revenu au Moyen Age où le fait d'être en vie était une grâce de Dieu. Ce qui peut se dire de bouche à oreille, vous n'avez pas idée !

— Pas seulement de bouche à oreille, fit soudain Corbini. Ce n'est peut-être pas le sujet de cette émission, mais permettez-moi d'en profiter pour dire ce que j'ai sur le cœur. J'ai lu, bel et bien lu, que le sida était la récompense d'une société ultra-permissive ; que pour mille cinq cents morts par an, en France, on oubliait les neuf mille tués sur la route et les cent dix mille victimes de tumeurs diverses ; que le sida n'était vraiment grave que dans les pays du Tiers-Monde dont il freinait tout de même la surnatalité. J'ai même lu dans une revue italienne d'extrême droite que la nature, trouvant ces résultats insuffisants, semblait avoir chargé la surgrippe de lui fournir son aide, en nettoyant au surplus les malfoutus conservés par la médecine moderne qui leur permet ainsi de perpétuer leurs manques...

L'indignation fut vive, mais courte : l'heure, c'est l'heure et il était temps de rendre l'antenne.

XXVI

Samedi sifflant, où les arbres se tordent.

Le journal du jour est devant moi, retourné. Dans le coin gauche de la dernière page, à côté des prévisions météo qui se sont révélées justes puisqu'elles nous annonçaient la tempête, la chronique de ce 19 janvier assure que le soleil a le droit de se lever à huit heures trente-sept et de se coucher à dix-sept heures vingt-six. Le saint du jour est Marius, nullement marseillais, mais persan chrétien mort martyr à Rome en 270 sous Claude le Gothique.

L'encadré rouge, au-dessous, est-il donc important ? Non. De l'histoire tombons dans la foutaise. Les porteurs de ce prénom, qui n'est pas le masculin de Marie, seraient *dynamiques et intelligents* (j'en connais pourtant un, au Centre, qui est un imbécile). Leur couleur serait le bleu, leur chiffre le 9. L'horoscope, qui suit, tient évidemment compte des événements : Pluton reste dangereux. *Ne vous exposez pas surtout si vous êtes Scorpion.* Je hausse les épaules, mais tout de même je mets le nez sur mon signe : *Le Bélier se méfiera aujourd'hui de ses œuvres.* Tiens donc ! J'ai horreur de ce genre de prédictions, soigneusement vagues. Les Romains cherchaient des présages dans les tripes de poulet, les Egyptiens dans le foie de veau, les Incas dans les haricots. Moi, comme mes pareils, je ne connais que les chiffres : sur quatre-vingt-deux volontaires, deux échecs seulement ; à si court terme qu'à l'évidence ils couvaient leur surgrippe avant la piqûre. Je peux donc estimer que notre vaccin est bon, avant même la seconde série d'essais.

Bon, il le sera pour d'autres. Il arrive trop tard pour beaucoup de gens. De peu, il arrive trop tard pour Nadège, réduite à n'être plus que ce portrait regroupant pour moi désormais les deux sœurs : portrait-tombeau fidèle au mur, entre les deux fenêtres dont les doubles rideaux laissent tomber des plis invariables.

Il est tard. Bérengère, qui ne bouge plus, qui ne voit plus guère en ce moment ses meilleures amies ni même Georges, le fils de son prof d'anglais, garçon jouant un peu (et peut-être un peu plus) le rôle de petit ami, est montée se coucher. Un plaid sur les genoux, l'oncle est devant la télé dont il a coupé le son. Il a plus changé en quelques jours qu'en deux ans. Il était âgé, il devient vieux ; il était pointu, il devient amer. Mais voici que le téléphone sonne. Comme il n'a qu'à étendre la main, il décroche et aussitôt sursaute :

— Non, madame, je ne peux pas vous passer Mme Alleaume... Oui, je sais, vous l'aviez contactée récemment. Mais depuis...

L'oncle hésite. C'est au moins la dixième fois qu'on appelle Nadège et, chaque fois que cela tombe sur un de nous trois, il est pris de cette gêne affreuse des survivants qui, annonçant la mort, ont l'impression de l'accepter.

— Oui, hélas, madame, vous avez compris.

Le gargouillis dans l'appareil ne s'arrête pas pour autant ; il semble tourner à la véhémence. J'y distingue un prénom, Martin, qui me permet d'identifier cette dame toujours très occupée d'elle-même et pour qui je n'éprouve qu'une faible sympathie. La vieille horloge vient de lâcher neuf coups et, là-bas, à Montréal, où c'est l'après-midi, il doit n'y avoir que de la glace sous le pont Jacques-Cartier.

— Non, dit l'oncle, aucune nouvelle.

On ne semble pas le croire. Il insiste :

— Aucune ! Croyez bien que ça nous étonne autant que ça nous inquiète.

L'oncle raccroche et, sans bouger, commente :

— L'ex-femme de Martin est moins en peine de lui que de la pension de ses filles, impayée depuis trois mois.

J'avais envie de lui dire tout net que ce n'est pas notre affaire.

Je n'en suis pas si sûr. Mais l'oncle retourne la tête et s'aperçoit que j'ai la main droite sous le gilet.

— Avec ta mine de papier mâché et tes points de côté, tu pourrais peut-être te ménager et même penser à te faire examiner par le médecin personnel que tu as la chance d'avoir à domicile.

Puis le voilà qui change de ton :

— Dire qu'il fut un temps où, faute de malades, je me plaignais d'avoir affaire à une épidémie de bonne santé. Ce brave Colasse, mon adjoint, est un fervent de statistiques. Sur cinq cent dix habitants nous avons déjà eu cent quatre-vingt sept surgrippés dont quatorze morts. 1918 est déjà battu, ici, et pourtant nous sommes à la campagne, moins touchée que la ville.

L'oncle commence aussi à manquer de tact : le décompte nous touche de trop près.

XXVII

C'est à la mi-février que s'est — enfin ! — réuni le Conseil d'établissement, présidé par Millesond, mais en présence de Mr Binch, d'un délégué de l'Union européenne et d'observateurs divers. Le débat, portant essentiellement sur deux questions, ne nous enfermait pas dans un dilemme, l'issue ne faisant guère de doute.

Fallait-il, en effet, pratiquer des essais complémentaires pour éviter les risques d'accidents et réclamer entretemps à qui de droit — les Etats — de couvrir éventuellement de coûteuses responsabilités ? Assurément, non. Nous savions que, répétant leurs exigences de garanties, comme en 1968, les firmes américaines prenaient du retard.

Fallait-il au contraire abréger, vu l'urgence et la gravité exceptionnelle de l'épidémie ? Assurément, oui. Sauver cent personnes absout la mise en danger de la cent-unième.

— De toute façon, il y aura des allergies, fit remarquer Tony.

— Votre vaccin est monovalent, il ne concerne que la surgrippe, objecta un observateur polonais. Ne craignez-vous pas que des cas de grippe banale, dus à des virus anciens, ne lui soient imputés ? Autrement dit, ne peut-on lui adjoindre le cocktail ordinaire tiré de plusieurs souches ?

— Ce serait l'idéal, rétorqua Millesond, si ça ne réclamait pas un peu plus de temps. Mais nous savons ce qu'en ce moment, en fait de victimes, un peu plus de temps veut dire.

Il savait aussi, Tony, que les concurrents étaient sur ses talons. Quels que soient les choix de ceux-ci, vaccins tirés de virus inactivés ou de virus désintégrés, vaccins dits génétiques, quelles que soient leurs méthodes de titrage, de dosage, de purification par centrifugation ou par filtrage sur gel, tous avaient les mêmes soucis.

— Je pense que tout le monde est d'accord, reprit Tony : nous immunisons le personnel et nous commençons la production.

Il avait raison, mais il allait un peu vite. On imagine mal combien, dans le monde moderne, le sort de la cent-unième personne peut, à l'avance, susciter de contrition : la charité envers l'exclue n'est même, parfois, pas loin de considérer comme privilégiées les cent autres. Elle provoquait chez une bonne moitié des collègues des embarras de conscience qu'il leur fallait purger. La salle du conseil n'étant pas équipée comme l'auditorium du système *Octo,* trois traductrices glissèrent de l'un à l'autre pour exprimer durant une heure d'honorables réserves. Moi, qui ne voulais rien dire, et quelques autres, aussi muets que leur sous-main sur quoi ils griffonnaient des notes — à moins que ce ne fût de petits dessins —, nous attendions que s'apaisent les états d'âme : ce que nous dûmes à une observation finale de M. Binch :

— En fait, les premiers traités vont prendre le relais des volontaires et joueront le même rôle...

La justice étant ainsi rétablie, les purs comme les durs s'en furent courageusement se faire vacciner, par nos soins, puisque la seule production, forcément restreinte, était encore la nôtre.

De l'épaule de Tony je me chargeai moi-même. Puis de celles de sa femme, de quelques autres épouses et d'une dizaine d'enfants.

De ma fille en rentrant, il va de soi. Et de l'oncle, refusant d'abord ce qu'il tenait pour un passe-droit, mais qui céda devant l'argument :

— On va recruter tous les médecins en retraite pour manier la seringue. A titre bénévole. C'est votre droit, à condition d'être protégé.

XXVIII

Quand ils ont à discuter, d'aventure, avec les gens de plateau, les gens de labo, comme les gens de bureau, pèchent souvent par naïveté : ils n'ont qu'une vague idée de l'effet amplificateur des médias et de leur pouvoir sur les foules. Ils croient qu'il suffit de dire la vérité. Pouvions-nous être porteurs de meilleures nouvelles quand, Tony Millesond et moi, nous nous sommes présentés dans les studios de Liège à l'heure du journal ? Il était temps : le rouge clignotait. On criait : Silence ! A peine assis, nous avons eu droit au compte à rebours... 6, 5, 4, 3, 2, 1... Sur le zéro, le présentateur s'est exclamé !

— Enfin, le vaccin !

L'accent était sur *enfin,* ai-je besoin de le dire ?

— En fait, rétorqua Tony, croyez-le ou non, c'est un record pour nous et nos collègues d'Occident, parvenus au but en même temps, à quelques jours près, et avec qui nous avons pris des décisions communes...

— Une entente, dites-vous ?

La suspicion envers autrui tend à devenir une forme de la bonne conscience. Pour qu'il y ait entente, n'y a-t-il pas eu attente quelque part ? Ou peut-être arrangement ?

— Egalité partout, reprit Tony. Un prix unique s'imposait.

Comme pour tout produit pharmaceutique, le prix de la chose offense le prix de la vie. Surtout là. Bien qu'il l'admette, ça le gêne, le patient, qu'un vaccin, comme l'iode ou l'aspirine, soit une marchandise : seulement gratuite pour les vieillards (et encore c'est un leurre, puisqu'on paie l'ordonnance). Sur le sujet, d'ailleurs, mieux valait passer vite. En pays riche, quels qu'ils soient, les vaccins sont très chers : c'est sur nous que les firmes font leur beurre pour brader, à dix pour cent, voire à perte, leurs quintaux d'excédents au Tiers-Monde. Cependant le présentateur se tournait vers moi, une canine luisant dans son sourire :

— Si vous avez quelques doses sur vous, docteur, je suis prêt à enlever ma veste et ma chemise pour me faire piquer et montrer ainsi aux téléspectateurs qu'il ne s'agit pas d'une rumeur...

— Etes-vous prioritaire ? fis-je, la tête tournée d'un quart de tour vers Millesond.

— Que voulez-vous dire ?

— C'est que, cher monsieur, l'obtention n'est pas la production. Elle va démarrer. Je l'ai déjà dit, vacciner toute une population n'est pas une mince affaire. Or nous savons de surcroît que nous allons manquer de moyens comme d'exécutants. Il faudra donc, au fur et à mesure que nous en disposerons, procéder par ordre : c'est-à-dire vacciner d'abord les plus utiles et les plus exposés.

— Vous m'effrayez, docteur ! J'aimerais savoir qui sont les moins utiles et les moins exposés, bons pour se voir interdire les pharmacies. Mais pouvez-vous d'abord m'en dire un peu plus sur les privilégiés ?

Tony leva la main pour réclamer le droit de répondre à ma place :

— Ce choix n'est pas notre affaire, mais celui des gouvernements qui d'un pays à l'autre peuvent le faire de façon différente.

Il aurait mieux valu s'arrêter là, mais Tony pour une fois eut la langue trop longue et continua :

— Dans des circonstances moins graves, mais similaires, l'échelle des urgences a presque toujours été la même pour les premiers barreaux. En tête, les services de santé, qui doivent soigner les autres. Ensuite l'encadrement de la nation, parlementaires, préfets, police. A partir de là les options divergent. Dans les pays de l'Est on a longtemps préféré sauver l'économie en immunisant les travailleurs. On a même en Roumanie, sous Ceaucescu, exclu les handicapés, les fous, les prisonniers et les vieillards : pour lui, bon débarras ! On a toujours vu, en temps de guerre, le front primer sur l'arrière. Quand le tri devient tribal, il vaut mieux par exemple être du clan régnant. Ici, à l'Ouest, très civilisé, nous sommes plus tendres pour ceux qui vivent aux deux bouts de l'existence : les moins de quinze ans et les plus de soixante.

— Et les infirmes, ajoutai-je.

Mais le présentateur ne devait pas aimer l'encadrement de la nation :

— L'inégalité devant la vie persiste devant la mort, je sais bien, et c'est ce que vous espériez, au moins en partie, prévenir, n'est-ce pas, docteur ? Ce sera pour la prochaine fois. Mais je me demande ce que va penser le bon bougre, le toujours dernier de la liste quand on lui annoncera en somme : politiques et policiers, d'abord !

Lui-même aurait sûrement trouvé indécent qu'au nom de l'Evangile — *les derniers sont les premiers* — son roi comme la reine d'Angleterre aient été moralement obligés d'attendre la vaccination de tous les clochards pour réclamer la leur. Mais aussitôt reprise, répétée, traduite en une bonne dizaine de langues, titrée par les journaux, prospérant sur les ondes comme dans les salives, la formule *Politiques et policiers, d'abord !* allait faire d'autant plus de dégâts que les tensions de la peur, le sentiment d'être lanterné ne demandaient qu'à se défouler et que les gens accueillaient sans piper d'autres déclarations comme *Rien de sûr avant six mois* ou encore *Il n'y en aura pas pour tout le monde.*

Dans la semaine, en France comme en Allemagne, en Italie comme en Angleterre, des émeutes S.O.S., spontanées, imprévisibles, bravèrent la contagion, l'interdiction sanitaire de rassemblement, les lances à eau et les grenades des C.R.S. Vivement condamnées par les autorités de tout poil, plus mollement par les syndicats, elles s'attaquèrent comme d'habitude aux voitures qui font rouler le siècle, aux cabines téléphoniques qui en sont les porte-voix, aux boutiques, pauvres antres du fric. Le slogan *Droit à la vie !* se mit à fleurir sur des mètres et des mètres de bonne toile et même les petites villes, plus faciles à tenir, furent le théâtre de hurlants — et dans le meilleur des cas de joyeux — défilés de jeunes et de moins jeunes, flanqués de leurs fidèles casseurs.

A Charleville même, en sortant de chez le dentiste, je fus témoin, parmi de plus calmes citoyens massés sur le trottoir, d'une manif, symboliquement partie de la rue du Fond-de-Santé et qui, à l'étonnement général, descendait le long de la Meuse par le quai Rimbaud. En tête huit lycéennes habillées de noir, portant la capuche, marchaient de front en tenant à hauteur de sein une large banderole où flambaient, en rouge sang, huit mots, dont quatre du héros local :

UNE SAISON EN ENFER, ÇA SUFFIT !
PAS DEUX !

Suivaient une cinquantaine de porteurs de seringues géantes en carton, pointes en l'air, qui scandaient la vieille scie :

Pique et pique et colegram...

Aussitôt après huit garçons, nasette au nez, tapaient du pied en brandissant au bout de huit hampes une autre banderole exprimant une bien naïve réclamation :

NOUS EXIGEONS LE TIRAGE AU SORT

Enfin venait la horde, criarde, contente d'elle, empantalonnée à quatre-vingts pour cent dans des jeans délavés parfois bizarrement associés à des blouses blanches frappées au dos d'une tête de mort. Bien que l'insistance soit une des formes du mauvais goût, c'était plutôt sympathique et ça le serait resté si l'excitation finale ne s'était traduite par une échauffourée qui envoya deux étudiants et trois agents à l'hôpital.

Période folle où l'on vit, dans chaque pays, débattre furieusement les partisans du *selon l'âge* ou du *selon l'emploi* et aboutir, en France du moins, à un compromis confiant à la Sécurité Sociale le soin d'en appliquer les dispositions, donc de distribuer les certificats à présenter aux pharmaciens, par personne ou par groupe ; où les gens importants, les gradés de tous bords n'eurent aucune difficulté à s'en procurer « afin de pouvoir remplir leur devoir d'état » ; où l'on vit s'en fabriquer de fort bien imités et les tribunaux assimiler ce délit à celui des faux-monnayeurs ; où des pauvres en revendirent aux riches ; où les surgrippés guéris, mais non répertoriés, en reçurent qu'ils cédèrent volontiers pour deux à trois mille francs pièce ; où prospéra un vol à la tire d'un genre spécial, en quelque sorte prophylactique, aux portes des officines ; où celles-ci durent embaucher des gardiens de nuit contre la cambriole ; où les S.D.F., les immigrés clandestins, les non-inscrits, les passagers, en furent généreusement privés ; où des moines, où des nonnes, au contraire, en firent parfois la charité ; où des sectes les refusèrent et furent difficilement contraintes à présenter leurs enfants ; où potards et carabins apprirent à piquer, vite fait, sans avoir à longuement s'entraîner sur mannequin de caoutchouc ; où les généralistes, souvent tenus pour complices des priorités et repérés au caducée de leur pare-brise, furent lapidés de cailloux en campagne, de boulons en banlieue ; où les paysans, furieux, boycottèrent les réquisitions, trichèrent sur le contenu des pondoirs ; où l'œuf frais, garanti fermier, valut la truffe ; où, de ce fait, le poussin disparut d'entre les pattes des gloussantes et grattantes gélines en mal de couvaison ; où, de ce fait encore, se raréfièrent les tartes, les omelettes, les crêpes, les quatre-quarts, les flans, les fars, les soufflés, les brioches...

Ah, le manque d'œufs ! Ce détail aura frappé les foules plus que tout autre. En face des trois liquides sacrés, l'eau, le lait, le vin, il y a trois solides qui ne le sont pas moins : l'œuf, le pain, la viande. Manquait le plus spectaculaire : celui qui semble être à la vie ce que l'œil est à la vue, celui qui la fait rayonner à partir de son minisoleil jaune. *Pas d'œufs de Pâques, cette année !* est un vieux cri de malheur qui retrouvait son sens. L'œuf de cane, à coquille légèrement lavée de vert pâle, l'œuf d'oie — qui en vaut cinq — apparurent dans des coquetiers d'argent sur les grandes tables. L'œuf de chocolat blanc se multiplia. L'interjection *Œuf !* devint presque l'antonyme de *hélas !* L'émission pour élèves du primaire ne proposa pas sans raisons un curieux problème : *Les œufs pesant en moyenne cinquante-cinq grammes et mesurant six centimètres du petit au gros bout, calculez la longueur et le poids d'un collier sur lequel seraient enfilés autant d'œufs qu'il y a d'habitants sur la Terre.*

Sept fois le tour de l'équateur ! Deux mille baleines bleues ! Les réponses d'un enfant de CM2 avaient enchanté Bérengère. Mais nos problèmes d'œufs, à nous, comme prévu, étaient moins faciles à résoudre. Répartis par « l'entente » c'était par tonnes que leur insuffisance garnissait les plateaux. C'était par tonnes que, bien calés au creux de leurs alvéoles, ils passaient onze jours au chaud dans les incubateurs, qu'ils étaient ensuite inoculés, recouvés, décalottés par des filles empaquetées de blanc jusqu'au ras des yeux (des yeux qui deviennent alors d'une vivacité sans pareille). Et pourtant, leur liqueur extraite, ces précieux œufs du sauvetage n'étaient plus que des couvis infectieux dirigés sur le four, grillés, moulus, réduits en poudre désormais utilisable dans l'ordre végétal sous forme d'engrais vivifiant un jardin.

XXIX

Jour après jour.

Perdant à peine quelques recrues, elle régna encore durant des semaines, la surgrippe, terriblement efficace aux Indes comme en Chine ou aux Philippines, un peu moins dans nos parages, mais toujours capable d'atteindre dans leurs sables les chameliers du Nedj comme dans leurs eaux froides les morutiers de Terre-Neuve.

Au Centre la recherche s'était arrêtée pour faire place aux techniques d'exécution, aux cours, aux contrôles, aux communications. Je tenais le coup, tant bien que mal. L'oncle aidait les médecins d'alentour. A Reims, après s'être seulement plainte à sa concierge d'un gros rhume, ma belle-mère s'était éteinte au creux de son fauteuil devant son poste de télévision allumé dont l'insistance avait fini par alerter les voisins.

XXX

Jour après jour. Mais cette fois le pire semblait être derrière nous.

Une épidémie est un cruel loto : à toi la mort, à moi la vie, comme à la guerre. Mais ce tirage au sort, c'est justement ce qu'il s'agit de truquer : tout vacciné est un pion noir qui devient blanc.

La météo, d'ailleurs, passait de notre côté. Les brouillards, ces aérosols naturels toujours plus ou moins encrassés de germes, n'étaient plus de saison. L'herbe remontait, émaillée de ficaires, dans les fossés des vicinales. Dans la cour même le massif cher à l'oncle laissait pointer des tulipes blanches parmi ces myosotis qui chipent du bleu au ciel.

Evidemment, aux antipodes, le printemps valant notre automne, la surgrippe glissait au fil des longitudes, envahissait l'hémisphère austral, plus chanceux que nous tout de même puisqu'il avait eu le temps de préparer sa défense ; et c'était là aussi au petit bonheur des brumes ou des bruines qu'on signalait des pointes avancées sur Valdivia au Chili, sur Hobart en Tasmanie. Nul n'osait s'en réjouir, tout de même, mais avec le discret soulagement de qui passe la main on murmurait : *Qu'ils la gardent !* en craignant la vague de retour, éventuellement non moins meurtrière, annoncée par les vigilants.

Cependant, sauf les guignards, encore nombreux à pâtir d'une atteinte tardive, les gens en avaient assez de leur peur ; ils ne songeaient qu'à souffler, à oublier leurs deuils, les jeunes surtout, trop longuement comprimés, parmi qui se mettaient à régner des *grippeminettes* de seize ans. La fête n'était toujours pas de mise, mais dans les rangs des quadra et quinquagénaires mieux conservés, les plus calmes eux-mêmes étaient saisis d'une folie de rattrapage, peu conjugale et vécue comme une maladie de peau.

Encore peu de *Te Deum*, mais moins de *De profundis*. L'exemple ne venait-il pas de haut ? N'avait-on pas décidé de rehisser les drapeaux en berne ? Un officiel, ressortant un discours célèbre d'après-guerre, ne l'avait-il pas actualisé, la bouche ronde, les mains en éventail ? *S'efforcer de pleinement survivre n'est pas seulement le fait d'une charité bien ordonnée envers soi-même, c'est une aide puissante fournie au relèvement du moral public.* Le commerce avait apprécié, la demande se relevait, les prix aussi.

Ce faible mieux, nous, les bios, nous pouvions en suivre le cours dans notre austère *Bulletin* ou encore dans *Santé Mondiale* où venait de paraître ce long rapport semestriel qu'entre nous, mauvais esprits, nous appelons *le banc d'huîtres* parce qu'on y trouve, enfilées comme des perles, de rondes vérités premières.

Il ne manquait pas à la tradition qui le veut salutaire aux âmes bien nées. Au centre, comme d'habitude dans les colliers, la perle en chef étincelait. Réjouis-toi, citoyen ! A conditions égales, tant sociales que physiques, nulle ethnie ne s'était révélée plus sensible qu'une autre à la surgrippe ; la nature, qui n'est point élitiste, mais seulement respectueuse des avantages acquis, y montrait une fois de plus son aversion pour le racisme. Elle confirmait la leçon que nous donnent les immigrés du Tiers-Monde profitant illico de la salubrité de leurs pays d'accueil, là même où dépérit le Quart-Monde... Bref, si la surmortalité des surgrippés aux Indes atteignait le double, voire le triple de celle des malades suédois et dépassait même le quintuple parmi les couche-dehors de Calcutta, c'était entièrement dû à l'entassement d'affamés qu'y tolère notre égoïsme.

On s'en serait douté, mais nos publications commencent toujours par un confiteor battant notre coulpe sur la poitrine d'autrui. Dès lors, ces précautions de la langue de papier humanitaire étant prises, nos rédacteurs plongeaient dans l'épouvante économique. Une récession mondiale du tiers, jamais enregistrée lors des pires effondrements du P.N.B. ! Evidemment imputable à des milliards de journées de travail perdues, elle l'était aussi à la paralysie des échanges. A la disparition d'un grand nombre de ces consommateurs purs que sont les gens âgés, soutiens notamment de l'industrie pharmaceutique. A la disparition du crédit. A la chute verticale de la production de l'acier et de ses gentils dérivés militaires. A la raréfaction des matières premières. A une inflation galopante. A des prix qui couraient devant. A des ventes qui traînaient loin derrière, si loin que même les triomphants d'hier, les cinq dragons du soleil levant, buvaient la tasse en mer de Chine.

En fait les malheureux rédacteurs ne récitaient qu'une litanie : Bourse au plus bas, dividendes nuls, pub inefficace, passifs au plus haut, surf des monnaies sur la planche à billets, changes en folie, dépôts de bilan, banqueroutes, liquidations, saisies, fisc sans rentrées, budgets exsangues... Un désastre ! Le veau d'or était devenu vache enragée.

Emanant d'un organisme international pratiquant le recours à la sébille et paniqué à l'idée de ne plus rien y entendre tinter, le tableau semblait un peu poussé au noir. Mais, avec componction, soucieux d'exactitude — fût-elle regrettable —, il ne manquait pas à son devoir d'énumérer toutes les conséquences de la situation, parfois avantageuses pour certains.

Ainsi, les achats en viager, *jure et facto,* se trouvaient récompensés.

Un grand nombre de sièges étaient à pourvoir dans les assemblées, les académies, la prélature, l'enseignement supérieur et les doyennés de la presse. On pouvait s'attendre à un rajeunissement des cadres et des titres.

Quarante-cinq pour cent de ses charges lui étant imposées par le paiement des retraites, la Sécurité Sociale s'en trouvait allégée.

Quantité d'appartements étant devenus libres dans les villes, le prix du mètre carré s'effondrait.

Même remarque en ce qui concernait l'or, le pétrole, les œuvres d'art, les grands crus, les tableaux, les livres d'art.

Le passage le plus délicat traitait du ralentissement démographique dû à une mortalité infantile qui, jointe à la sénile, altérait toute réflexion sur ce qu'il restait inadmissible d'appeler « une moindre pression sur l'environnement ».

Enfin il était noté que dans certains pays avait été proposée une surimposition des hoirs de moins de trente ans pas fâchés d'hériter plus tôt.

Mais l'information la plus attendue ne figurait pas dans le rapport qui, la surgrippe opérant encore, ne fournissait aucun recensement des victimes.

XXXI

La glace des lavabos ne me donne pas de mauvais conseils ; elle est même très peu satisfaite de moi ; elle s'étonnerait d'un succès féminin de ma part. Même si Hélène fait preuve à mon endroit d'une affectueuse révérence, elle s'est toujours montrée très réservée, tirant sa jupe sur le genou quand elle s'assied auprès de moi, n'appuyant jamais son regard sur le mien. Je pouvais donc m'étonner. Quand le vendredi matin, venant du Conseil, je suis entré dans le bureau, elle a soupiré :

— Voilà une femme de trente ans, docteur.

Jusqu'alors rien que de normal. Je n'avais pas en tête la date de son anniversaire. Mais dans ce cas-là, qu'il s'agisse de Marguerite Millesond, de Julia ou d'Hélène, amicalement, joue après joue, j'embrasse.

— Trente ans, je voudrais bien les avoir, ai-je répondu avec une banalité exemplaire, en m'avançant vers elle la bouche et les mains innocentes.

La première touche lui est arrivée entre la tempe et la pommette droite, mais la seconde au coin de la lèvre. Peut-être même un peu plus avant. J'ai bafouillé :

— Pardon... Happy birthday to you !

Faux mouvement de ma part ou de la sienne, je ne sais. En tout cas, à mon sens, il ne se serait rien passé de trouble si Hélène n'avait murmuré :

— Ne vous excusez pas, Eric.

Que signifiait le brusque emploi de mon prénom dans sa bouche ? Etait-ce un oui discret à ce que ce baiser pouvait être et que franchement il n'était pas ? Hélène n'est pas du tout désagréable à voir, il s'en faut. Je la savais libre depuis que son ami l'avait quittée pour des raisons inconnues qui ne me regardaient pas. Mais patron correct, veuf récent, quadragénaire (et demi), je ne me pensais ni tentant ni tenté, encore qu'il n'y eût là rien d'impossible. Si offrande il y avait, elle était même plutôt flatteuse. Je ne me sentis pas le courage de couper court, de dire : *Maintenant, Hélène, je vais vous dicter le courrier.* Je m'assis, je remuai quelques papiers, je fis sans lever les yeux :

— Je ne sais pas ce que j'ai, Hélène, je suis de plus en plus fatigué.

— Vous vous êtes tellement dépensé depuis six mois que le contraire serait étonnant. Vous devriez prendre une semaine de congé.

Elle se tenait devant moi, l'œil vif, mais redevenue secrétaire, ajoutait d'une voix plus claire, moins neutre que d'ordinaire :

— A l'instant Mme Vadeboncœur vous a appelé de Montréal. Elle parle d'un procès...

Pauvre Martin ! Sa harpie insistait. C'était son problème et je le savais assez ombrageux pour refuser mon aide. Mais mon problème à moi, finalement, c'était de m'assurer qu'il ne lui était pas arrivé malheur. Je balançai quelques minutes à l'idée d'une démarche qui semblait l'admettre. Puis je me décidai et, par discrétion, refusant de mettre Hélène dans le coup, j'allai chercher le dossier Lansdale, pour relever l'étrange état civil d'un pupille de l'Assistance Publique sans filiation, né d'une inconnue accouchant sous X, donc réduit à une date, à un lieu, à un nom et à un prénom choisis sans doute par hasard sur une liste. La demande d'acte de naissance, l'enveloppe de retour manuscrite et timbrée, un petit chèque, j'envoyai le tout à la mairie de Forcalquier, Alpes-de-Haute-Provence.

Une heure plus tard un vertige me prit. Des mouches noires se mirent à tourner dans la pièce en me bourdonnant aux oreilles. Quand je me ressaisis, Hélène, assise en équerre sur sa chaise tournante, m'observait, indécise, n'osant intervenir.

— Vous avez raison, murmurai-je. Je vais prendre huit jours. Ohannès assurera l'intérim.

— Je vous appellerai, chaque soir, pour vous rendre compte, dit Hélène.

Elle souriait maintenant, les yeux mi-clos, comme si elle était responsable de mon salut. A vrai dire le mérite en revenait plutôt à l'oncle qui m'avait bien dix fois réclamé la même chose. La veille il m'avait même contraint à monter sur le Terraillon de la salle de bains, il s'était écrié : *Cinq kilos de moins !* et m'avait d'autorité fait une prise de sang.

XXXII

De leur lycée où ils ont, le jour de la réouverture, déposé de petits bouquets sur une file de pupitres inoccupés, viennent d'arriver Bérengère, qui n'a pas pris le car, et Georges qui l'a ramenée sur son porte-bagages. Ils discutent, assis sur le banc circulaire bricolé par mon grand-père autour du vieux tilleul. Baskets, jeans, visages frais, cheveux courts : c'est ce qu'il y a dans le maillot de leur club qui fait la différence. De ces deux-là, seize et seize, qu'en sera-t-il ? A cet âge on ne sait pas si un être aura de l'importance dans votre vie. Sur ce banc, voilà trente ans, bien avant Nadine et Nadège, la fille du brigadier de gendarmerie, Germaine, m'a rejoint un certain temps ; et même dans ma chambre quand l'oncle s'absentait, ce qui à l'époque était plus rare. Le père a été muté dans le Midi. J'ai dû recevoir deux ou trois lettres brodées de fautes d'orthographe, puis plus rien. Un prof d'anglais peut aussi être nommé ailleurs ; mais pour Bérengère en ce moment il n'est pas regrettable qu'un béguin allège son chagrin.

— Ta gamine me vieillit, dit Fried, enfoncé dans le fauteuil contre la baie. Je l'ai connue suçant son pouce.

Continuant à faire la navette entre Luxembourg et le Centre, Fried, un jour sur trois environ, rejoint son pied-à-terre, boulevard de Floréal à Sedan où je sais qu'il a une amie. Depuis la mort de Nadège il fait plus souvent le détour, arrive à dix-neuf heures, repart vingt minutes plus tard. Il est là pour me réconforter, mais aussi pour s'épancher. Ça marche, ça marche, la transgénie végétale ; il en a toujours plein la bouche, mais il avoue quelques anicroches : des problèmes d'envol de pollen, par exemple, transmettant à des cousins sauvages de l'épinard la résistance aux sarclages chimiques. Il a aussi des ennuis avec ses betteraves, victimes d'un nouvel agent qui attaque aussi bien la potagère, la fourragère, la sucrière que la bette à cardes et sa sœur la poirée. Le mal pourrait bien provenir d'une prometteuse variété mandchoue, imprudemment croisée en Allemagne avec l'une des nôtres... Et le voilà qui se récrie :

— A propos de la Chine, tu connais Li Pa Hong ?

J'avais, en effet, vaguement entendu parler de ce chercheur cantonais.

— Il est dans des beaux draps ! Je l'avais rencontré au congrès de Milan et il m'avait, dans un anglais parfait, parlé de la défense du chou : du fameux chou chinois dont se régale aussi la piéride. Li aurait activé avec succès un virus des chenilles. Avec tant de succès, malheureusement, que la plupart des papillons sont en danger, y compris le bombyx de la soie, produit national. Tu te rends compte ?

Oui, il n'y a pas d'océan entre la Chine et nous : à long terme, on peut se demander ce que le vent nous apportera de là-bas. Si c'est vrai, plus de vanesses, plus de machaons, plus de petits argus bleus voletant sur nos prairies. De toute façon, c'est triste, à l'heure même où la biologie tient le bon bout, où certaines de ses branches comme la thérapie génique font d'incroyables avancées, il reste parmi nous des aventuriers qui nous font tort. Fried va encore parler métier, dix minutes : c'est, comme ailleurs, notre principal défaut. Mais aujourd'hui, je suis en panne d'intérêt pour mon propre travail. Mon côté ne me fait pas vraiment mal ; il me gêne comme s'il était en bois.

— Tu rentres quand ? demande Fried.

— Lundi, sans faute. Je tiens à être là pour la désinfection semestrielle.

Une maigre pétarade signale le départ de Georges. Suit une toux de vieux moteur essoufflé tractant de la ferraille : l'oncle vient de rentrer au volant de son antique deux-chevaux et, de vroum en vroum, la range entre les poteaux de ce qui fut un fenil. Fried se lève pour laisser la place et en partant me tapote l'épaule :

— Ménage-toi, Eric.

Chassé-croisé. Bérengère rentre, m'embrasse à la volée et en quatre ou cinq bonds dans l'escalier rejoint sa chambre. La femme de journée sort de la cuisine, traverse la salle en marmonnant bonsoir, récupère son vélo accoté au rosier (ce que je n'aime pas) et, se déhanchant à droite, à gauche, force sur les pédales. Monsieur le Maire, exceptionnellement tiré à quatre épingles, pousse la porte, la referme au verrou, inspecte la pièce comme s'il craignait d'y voir sa nièce et, à petits pas, vient s'installer à la place encore chaude quittée par Fried Redange.

Il n'a aucun besoin de me dire que, pour lui, ça ne va pas quelque part. Je l'ai tant de fois vu prendre congé d'un client à la fin d'une consultation que je connais toutes ses mimiques. La souriante, quand le risorius, ce petit muscle peaucier qui tire les lèvres, n'est pas convaincu de bien faire, c'est loin d'être la meilleure. C'est le papier cadeau qui enveloppe on ne sait quoi.

— J'ai laissé Colasse marier sa nièce, je lui ai même prêté mon écharpe : c'est la première noce qui ose se rassembler.

J'aurai des détails sur les robes, sur le cortège quittant la commune en klaxonnant jusqu'à Sedan, sur le menu au *Bon Vieux Temps* (une étoile). On ajoute :

— J'en ai profité pour aller chercher tes analyses.

Silence toujours souriant, puis reprise murmurée avec une négligence peut-être affectée :

— Elles ne sont pas fameuses, tes analyses. Tu nous ferais une hépatite ou un kyste du côlon ou quelque chose de ce genre, je n'en serais pas autrement étonné.

Moi non plus. C'est à peu près mon diagnostic. Je m'en occuperai dès que le labo, désinfecté, sera remis en ordre. Mais l'oncle, qui m'agace bien un peu en s'occupant de moi comme si j'avais encore dix ans, en a décidé autrement :

— Tu seras sûrement de mon avis : il faut y voir plus clair. Un scanner, c'est l'affaire d'une petite heure à l'hôpital, le matin de préférence. J'ai téléphoné au service, j'ai eu Flart. Tu l'as peut-être oublié, mais lui se souvient très bien d'avoir été en première quand tu étais en terminale, au bahut. Il est un peu débordé, il ne pourra te prendre que la semaine prochaine, mardi, à dix heures.

XXXIII

La règle interdisant à quiconque de pénétrer dans un laboratoire H.S. en état de marche nous pose souvent d'étranges problèmes de plomberie en cas de fuite. Bien que toute l'installation d'éclairage soit doublée et les coupe-circuit situés au-dehors, une panne d'appareil est possible et nous mue en électriciens. C'est à nous seuls de faire le ménage et le grand, le bisannuel, est éprouvant.

C'est au jour dit que je suis revenu le faire : sans Julia ni Donald retenus ailleurs par des contrôles de routine. S'il est requis d'être au moins deux — pour que l'un en cas d'incident puisse secourir l'autre —, Ohannès et moi suffisions bien pour assurer la fermeture.

Ce n'est pas décrété au jour près, la désinfection. Mais déjà en retard d'un mois sur les directives, nous ne pouvions plus la reculer. Arrivé directement de la maison pour la minutieuse cérémonie habituelle, j'eus du mal à me tortiller pour m'introduire dans le scaphandre.

— Chacun vérifie l'équipement de l'autre, annonça le surveillant de service, plus tatillon que d'ordinaire.

Et une minute plus tard :

— Vous entrez ensemble.

La série d'opérations exigibles est limitée : d'abord détruire les souches inutiles, puis abriter les autres dans les congélateurs dûment bloqués ; faire en sorte que tout soit accessible aux vapeurs ; enfin liquider l'animalerie dont les petits hôtes, contaminés ou non, ne sauraient sortir et sont donc interdits de survie.

C'est le plus pénible. Aurais-je pu faire partie d'un peloton composé de douze hommes chargés d'en exécuter un treizième sans malaise ? Je ne crois pas. Pour nous encourager nous parlons de *dératisation*, alors qu'il s'agit de bestioles qui ne sont ni anonymes ni nuisibles. Les anesthésier, les piquer, les livrer au crématoire, surveiller les cendres, déclencher le système d'évacuation... Vraiment, malgré le flux d'air sous pression qui sans cesse sollicite nos poumons, ça nous donne l'impression d'en manquer.

— Je ne m'y ferai jamais, murmura l'un de nous.

Probablement les deux à la fois. Je ne m'étais pas occupé du 17, j'avais lâchement laissé ce soin à Ohannès. Je m'étais alors préoccupé des déchets, du contenu des menus habitacles relevant du même traitement.

— Vérification générale, s'il vous plaît, réclama la voix off.

Ohannès, le premier, pivota lentement sur ses talons, observa de bas en haut chaque décimètre carré, puis s'effaça, me laissant à mon tour inspecter le vide. Repliés sur le laboratoire proprement dit, nous n'avions plus qu'à y appliquer la même procédure, alliée à celle de la caméra prête à nous signaler le moindre oubli.

— Evacuation, dit-elle.

— Quand nous reviendrons, nous travaillerons pour nous, dit Ohannès.

Ma main droite s'éleva toute seule : ce qui veut dire oui quand nous économisons la parole, la main gauche étant chargée du non. Restait à accomplir les formalités de sortie : traversée du sas, douche à même le scaphandre, dépose un peu plus facile que le harnachement, rhabillage, obéissance aux codes, libération dans le couloir circulaire. Déjà les agents de surveillance arrivaient avec leur rouleau et, sur la dernière porte, trois fois verrouillée, posaient des bandes autocollantes jaune vif répétant tous les trente centimètres : *Closed by the Office of Health.* Déjà, à l'intérieur, ouvertes par commande à distance, les buses automatiques pulvérisaient sur les instruments, les récipients, les murs, les câbles et conduites de toute sorte, des nuages de formol. Ohannès rejoignant Donald, je n'avais plus qu'à rentrer au bureau où m'attendait le courrier d'une semaine.

Du courrier, j'en reçois beaucoup : c'est une des plaies de ce métier où le fourmillement de notes, d'annonces, de démentis, d'observations et de débats est au moins égal à celui qu'une optique de pointe fait vibrionner sous nos yeux. Si peu que je m'absente, cela s'entasse sur mon bureau : revues dont il n'est pas question d'ignorer l'essentiel, ouvrages techniques souvent honorés de dédicaces et réclamant quelque remerciement, lettres généralement amicales format 11/16, lettres neutres format 11/22 pour soixante pour cent anglophones et quatre-vingt-quinze pour cent dactylographiées de correspondants étrangers, lettres vitrées de l'administration, propositions de matériel, réclames ! Hélène n'ouvre jamais une enveloppe, ne fait jamais rien suivre à la Bélière. A mon arrivée, vers onze heures, le tas était décourageant. Hélène, en train de ranger des dossiers dans la petite pièce annexe entièrement garnie de rayonnages, se retourna, vive, nette, fraîche dans sa petite robe d'été sur quoi coulaient ses cheveux noirs. Ses yeux posaient, semblait-il, une question. A mon sujet. Sans oser l'exprimer autrement que par une autre :

— Le docteur Corbini voudrait déjeuner avec vous demain midi. Est-ce possible ?

— Non, Hélène. Appelez-le pour lui dire que je serai à l'hôpital où je dois subir un examen. Après-demain, oui, s'il est libre.

Je la laissai, pour le 028, appeler le 032. Je triai un peu la paperasse, gardant les enveloppes à part pour les livrer à l'ouvre-lettres à piles, gadget offert par Bérengère. L'en-tête de la Préfecture, en bistre, dans le coin gauche de l'une d'elles, méritait sans doute la priorité. J'ouvris, je lus, je m'étonnai de ne pas m'étonner, je me trouvai plutôt fat : paraphant un texte de six lignes où il était question de mes mérites, mais ne précisant pas s'il s'agissait de rouge ou de bleu, un illisible m'encourageait, du fond de son bureau, à remplir *l'imprimé ci-joint.*

Je le mis de côté, pour le remplir ultérieurement. Le blason de Forcalquier, *de gueules à trois pals d'or,* venait de me sauter aux yeux. L'acte de naissance ! L'acte, peut-être annulé par un renvoi en marge à un acte de décès ! Sur quoi parier ? Quand il s'agit d'un disparu, l'ignorance conserve l'espérance, la certitude la détruit. J'hésitai. Je pris mon temps pour engager l'enveloppe dans la glissière de découpe, guillotinant un bord. Martin, mon acolyte, mon autre tête, il fallait qu'il nous revînt en fin d'année, qu'il prît sa part de succès. Il ne devait rien avoir de désolant en marge de cet acte réduit à un nom, un prénom choisis par un scribe, obscur parrain d'état civil, et classé à une date, à une heure d'injuste arrivée dans le vide. N'y trouvant qu'une mention de mariage, puis de divorce, que lui souhaiter sinon l'inverse, après tout peut-être responsable d'une longue escapade vers une autre vie dont ce taiseux n'aurait soufflé mot ?

Enveloppe coupée. Bulletin sorti : comme cela se fait maintenant, aucune lettre n'accompagnait une simple photocopie. Je me penchai. Je hurlai :

— Mon Dieu, il m'a fait ça !

Tremblement de terre, force 10, tout éclate, tout s'écroule, ce doit être à peu près la même chose. D'un bond, debout, dans mes débris. Le genou incertain. Le feu aux joues. Le tympan cogné comme dans le cauchemar où l'oreille colle sur l'oreiller. Le grand ménage n'est pas fini, il continue, j'en fais partie. En une seconde voilà une ambition devenue criminelle, une carrière détruite, retournée contre elle-même. Avec les meilleures intentions du monde peut-on être mieux trahi ? L'exécration est un mot plat pour exprimer ce que je m'inspire et ce n'est pas la fureur qui m'en garantira. En deux, en quatre, en huit, en seize, le bulletin déchiré n'est plus fait que de petits morceaux qu'un réflexe prudent fourre dans ma poche de veste, à l'abri des patients qui, du fond des corbeilles, peuvent ressortir un puzzle. Effrayée, Hélène s'est approchée :

— Ça ne va pas, Eric ?

Elle répète ça trois fois et mon prénom, c'est comme du caramel entre ses dents. La rage, volontiers, ferait mordre les miennes, si la pauvre n'était tout innocente :

— Encore un mort, Hélène !

Il y en a tant autour de nous que l'annonce est banale, qu'il n'est plus nécessaire de fournir un nom à qui ne l'a pas sur son carnet d'adresses pour le biffer avec un convenable regret. Elle le connaît, ce nom, Hélène. Raison de plus pour me taire, pour l'empêcher de hurler d'horreur. Elle me frôle de si près que d'un geste brusque je l'accroche. Elle ne dit rien. Je la tiens serrée contre moi. Elle ne dit rien. Ma main droite touche un sein dur. Elle ne dit toujours rien. Je pourrais sans doute aller plus loin... Je pourrais m'offrir une courte revanche, semblable à celle que la petite Indienne avait mission de remplir auprès du condamné. Je pourrais abuser de l'émotion d'Hélène. Mais l'amour qui n'est que la mourre, jeu rapide des dix et du onzième doigts, ne guérit pas une plaie par un douteux plaisir. Des cheveux noirs qui m'inondent l'épaule sort un murmure :

— Reprenez-vous, Eric. On a besoin de vous.

Qui, *on* ? S'il s'agit de ceux dont je me croyais le bienfaiteur et qui, sauf quelques avisés, le croyaient aussi, les services rendus semblent n'avoir comblé que les fossoyeurs. S'il s'agit de la secrétaire songeant à son chef de service, quel cadeau désormais ce serait lui faire ! Ma lâcheté m'écœure. Je dois me reprendre, en effet, et me détachant d'elle, dire pour la seconde fois :

— Excusez-moi, Hélène.

Puis aussitôt, poussant vers la porte :

— Je ne me sens pas bien.

La laissant perplexe et peut-être offensée, je me suis échappé. Il me fallait sortir, marcher, être ailleurs. Il fallait m'empêcher de crier : *Le défunt, c'est Martin. Mais le plus grave, c'est qu'il est mort au début de novembre, à Bombay. Comprenez-vous ce que cela veut dire ?*

XXXIV

D'un pas nerveux, paniqué, j'avais déambulé au hasard dans les couloirs sans regarder personne. Mais comme j'arrivais au bout de la galerie d'honneur, une voix me fit sursauter. Millesond m'apparut, reconduisant un visiteur. Je me retournai. Pas question dans mon état de risquer une rencontre, de maîtriser une conversation. L'homme au nævus, il avait eu raison ; il l'avait craint, le bel exploit du neuvième jour !

Je me repliai sur la bibliothèque, donnai un tour de clef, me laissai tomber sur une chaise : les pustules rouges figuraient toujours sur la carte, enrichie de nouvelles autres au fur et à mesure de l'envahissement austral.

Pas facile de me calmer ! L'extrême gravité du possible ne le rend pas probable et encore moins certain. Mais la coïncidence demeurait fabuleuse : du fait du lieu, d'abord, du fait de la date si peu antérieure à l'épidémie qu'elle semblait en avoir été la graine. Avant de folayer tout de même, trois questions méritaient réponse. De quoi Martin était-il mort ? Si c'était de la surgrippe, l'avait-il trouvée sur place ? Ou, première victime, l'avait-il importée sans le savoir ?

Exclue, la quatrième question : ni dément ni démon, nullement suicidaire, n'appartenant pas à une de ces sectes folles du genre *Retour à Dieu*, Martin, cet homme triste, mais entièrement acquis à l'idée de prémunir ce monde contre le cataclysme qui l'avait peut-être emporté, ne pouvait pas l'avoir voulu... Non, il ne le pouvait pas, même si en ce cas j'avais l'absolution.

Hélas, j'avais trop bonne mémoire. Je n'oubliais pas que la veille de son départ, Martin, glissant forfuitement, était tombé sur l'angle de la paillasse de dissection, qu'il y avait fendu sa visière plastique, qu'il avait dû, en apnée — ou croyant la tenir se replier vivement vers le sas. Négligé sur l'instant, l'incident devenait après coup d'une cruciale importance : on en retrouverait le procès-verbal.

Bombay, pourquoi, en outre ? S'il cherchait un point de chute où besoin se fît sentir d'un chercheur chevronné, Martin avait plus de chances ailleurs. S'il voulait faire du trek en haute montagne — sa seule passion —, Delhi convenait mieux pour rejoindre l'Himalaya. La clef de l'affaire n'était pas introuvable. Pour une telle distance on consulte une agence de voyages qui prend le billet et réserve pour son client une chambre à l'arrivée. Martin habitait Sedan : son agence avait de grandes chances d'être aussi la mienne.

Tout juste ! L'évidence vous attend souvent à votre porte et le destin, quand il vous tient, entend simplifier les choses. Mon nom a fait s'exclamer la téléphoniste, puis le patron dont le chiffre d'affaires a dû être cruellement maltraité depuis six mois :

— Docteur Alleaume, vous enverrait-on en mission ?

Expliquons-nous prudemment. Nous croyons savoir que notre collaborateur, M. Martin Lansdale, parti en vacances le 31 octobre, s'est rendu aux Indes. Où et pourquoi ? Mystère. En tout cas il n'en est pas revenu. Nous craignons le pire, nous quêtons partout des renseignements...

Le directeur ne me laisse pas achever :

— Franchement, docteur, nous n'en sommes pas à notre première disparition de touriste. En principe, nous ne devrions fournir d'informations qu'aux agents du Service des Recherches dans l'intérêt des familles. Mais ils sont débordés et nous connaissons bien M. Lansdale, venu plusieurs fois nous demander des billets pour le Canada. Il me semble en effet que, pour l'Inde, nous lui en avons procuré deux, un pour lui, un pour son amie, en automne, l'année dernière. Excusez-moi une seconde : je consulte mon fichier...

Une amie ? Martin ne m'a jamais parlé d'elle : pas plus d'ailleurs que, jadis, il ne parlait de l'enfer conjugal où l'a fait vivre une femme qui le trompait ouvertement et a fini par s'enfuir avec un amant québecois. Avec la dame le trek devient douteux, comme la recherche. La belle tournée l'emporte. On m'en conte le détail, là-bas, d'une voix grasse :

— Exact ! M. Martin Lansdale et Mme Marie Lagouèze sont partis le 2 novembre pour Bombay : vol Air India, en classe affaires, avec réservation à l'hôtel *Asteria,* à Juhu Beach...

— Vous avez le numéro de téléphone ?

— Oui, j'ai la fiche en main. Vous notez ?

Les chiffres défilent, un par un. Consciencieux, je les répète, je remercie, je raccroche, je continue à avoir du mal à me détacher l'œil des pustules rouges de la carte où devrait avoir été agrandie la pustule mère de toutes les autres. L'étau se resserre. Pourtant, à la veille de l'épidémie, Martin peut toujours avoir succombé à une rupture d'anévrisme, un infarctus, une apoplexie qui ne laissent le temps de prévenir personne...

Midi : le piétinement, le long de la galerie, vers le restaurant d'entreprise donne l'heure. Aucun risque d'être dérangé. Aucun risque d'avoir faim. La vérité m'attend à l'hôtel *Asteria* : il est dix-huit heures à Bombay.

A sept mille kilomètres, là non plus, pas de difficultés. Un commis, qui ne doit pas être bousculé, m'adresse aussitôt au *sub-manager* et il ne faut pas plus de trois phrases de ma part pour qu'il s'écrie en roulant les r sur des voyelles aplaties :

— Alas, Sir, it was here the beginning of the tragedy.

Il suffit. Tout est dit. La suite n'est plus qu'une confirmation. Ce pauvre M. Lansdale est tombé malade à l'hôtel le surlendemain de son arrivée. Transporté à l'hôpital, il y est très vite décédé, suivi dans la semaine par sa compagne et plusieurs membres du personnel, tandis que la grippe, dès lors identifiée, se répandait dans la ville. Tous les morts, par précaution, ont été incinérés, ainsi que leurs affaires. La direction est désolée, les chambres sont vides, les touristes auront du mal à oublier qu'une fois de plus l'Inde est responsable d'une épidémie...

La réputation de son pays comme conservatoire de tous les maux semble l'avoir lui-même convaincu de son indignité nationale et pour un peu il demanderait pardon de ce qu'il a subi. Mieux vaut retenir le rire noir qui risque de me secouer et ancrer ce brave homme dans la contrition en maugréant :

— Jamais la famille n'a reçu les papiers et les valeurs que devaient avoir sur eux les disparus.

Le sous-directeur soupire. Oui, à sept mille kilomètres on l'entend très bien soupirer : le souffle a fait vibrer le microphone et la gêne est sensible :

— Nous avions tout fait suivre à l'hôpital. Mais là, et ensuite à la morgue, et ensuite à la crémation, je ne puis répondre de rien.

Le détail est sans importance. Je repose le combiné pour discuter rageusement avec moi-même. Une rébellion contre l'absurde, c'est bien mon droit : elle ne se fera pas faute de me fournir de faux-fuyants. La surgrippe s'est répandue trop vite : elle peut avoir longtemps couvé ailleurs, en Afrique par exemple, où il n'y a aucun centre de surveillance : elle y serait passée inaperçue jusqu'à cette explosion mondiale dont Bombay n'aurait alors été que le premier éclat.

Non, l'hypothèse ne tient pas. L'expansion s'est faite en cercle. Le virus même nous accuse : malgré son âge il n'a subi aucune modification, même minime. Je m'en suis assez étonné : c'est strictement la copie du porcin de 1918, retrouvé gelé en Alaska et par nous ranimé.

Admettons. Mais de quoi suis-je coupable ? C'est Martin qui, malgré l'impérieux règlement de contenance en zone infectée, malgré la loi du mouvement lent, contrôlé, a perdu l'équilibre, endommagé son scaphandre, respiré de l'air contaminé. C'est Martin qui, seul, a décidé de son voyage aux Indes. C'est Martin le responsable, dont je suis la victime.

Très vrai : je la suis. Très faux : le responsable, ce n'est jamais le caporal, c'est le général, d'ordinaire survivant. C'est moi, le patron du maladroit, le promoteur d'une recherche contestée, d'une réussite piégée par un affreux hasard. C'est moi qui dois me féliciter que Martin ait pris l'avion de Bombay, sinon trois jours plus tard le fléau se répandait à partir des Ardennes, rendant la preuve irréfutable, mettant au ban l'arrogance du Cosinus occidental. Si ça se savait, quelles clameurs ! Je les vois d'ici se déplier, les journaux, barrés du titre sur cinq colonnes : LE SAUVETEUR, C'EST L'ASSASSIN. O Sinsheimer ! Ta prédiction s'est réalisée. Et je suis là, ratatiné comme un gosse pris en faute qui balbutie : *M'sieur, je ne savais pas ! M'sieur, je ne l'ai pas fait exprès !*

Rappelons plutôt la fureur à mon secours. Crions : Oui, je suis l'innocent le plus coupable du monde ! Je suis un Bedson qui n'aura jamais assez de gorges à se trancher. Tant qu'à faire, Erostrate, soyons de ta tribu ! Malgré les juges d'Ephèse et grâce à la complicité du Larousse, tu l'as réussi, le viol de la postérité. Tu serais même plus célèbre encore si, brûlant le temple, tu avais fait griller les fidèles avec. Comme pour toi, si ma vie a encore un sens, elle ne peut l'avoir que parmi les réprouvés. La loi, devant moi, devient stupide. La loi ne saurait m'accuser que d'homicide multiple par imprudence et m'appliquer l'article 221 du nouveau code pénal : article bien connu des collègues exposés à l'erreur. Elle nous promet de trois à cinq années de prison *s'il y a manquement délibéré à une obligation de sécurité.* Y a-t-il eu manquement ? Si oui, cela signifierait au maximum, d'après de vagues dénombrements, mille huit cent vingt-cinq jours, quarante-trois mille huit cents heures, donc environ une seconde par victime !

Je crâne ? Oui, je crâne. Qu'est-ce que vous croyez ? Que dans les cent mille ans à venir — petit compte, en vérité —, sans parler de la bombache, les manipulations vont s'arrêter, le possible cesser d'être sollicité, la nature d'être de plus en plus truquée par les fiers-à-bras de l'héroïque péché originel ? Qu'est-ce que vous croyez ? Que, la variole éradiquée (à voir), le sida maté (à voir), l'armée virale reculera sans fin ? Mon œil ! La mort est inventive : tant d'autres de ses amis attendent leur tour. Dernière nouvelle : voilà qu'elle entre en lice la dévoreuse de chair humaine, la bactérie de la gangrène foudroyante : pas du tout une inconnue, mais une exaltée, que nos antibiotiques ont gentiment sélectionnée, poussée dans l'insistance. Qu'est-ce que vous croyez ? Le mal n'est que le pus du bien. Et nos grands bienfaiteurs, les Jenner et les Pasteur, comme leurs excellents successeurs, ont si bien encombré le kilomètre carré que le sapiens, sur sa planète, en est la calamité première, source de toutes les autres. Souhaitons-la-lui bonne ! Après tout, quand la très sainte peste, ancien record du monde, faisait monter tant d'âmes au ciel, elle n'a jamais été plus efficace qu'à quatre-vingt-dix-huit pour cent ! Pour la surgrippe, convenons-en, Seigneur ! ta clémence m'a permis de rester loin du compte.

Vous l'entendez, le corbeau ? L'imprécation soulage. Mais le retour du soir à la maison sera une autre chanson. Ta fille a perdu sa mère, ton oncle a perdu sa nièce, toi-même as perdu ta femme et tu n'y es pas étranger.

XXXV

Suivant chacun d'entre nous dans la pièce, le regard des deux sœurs fidèles à leur commun portrait était insupportablement doux.

Sous le froncement des sourcils, presque rejoints sur l'arête du nez, celui de l'oncle, furtif, masquant son attention en feignant de la vouer à son potage, n'était pas rassuré.

Quant aux yeux de ma fille — qui sont ceux de sa mère délivrée, elle, de toute inquiétude —, je me gardais de croiser leur tendre jeu, éloquent, relayant une bouche qui n'osait dire : *Mais qu'as-tu ?* Ma maigreur, mes haut-le-cœur, mon quotidien carême l'éprouvaient moins que mon silence, à peine fissuré de quelques mots depuis mon retour.

Dire quoi ? C'était déjà très difficile d'être là, de me contenir, de ressentir la tendresse des miens comme un pansement dont il eût été justice qu'il me fût arraché. S'ils savaient, que deviendrais-je pour eux ? L'idée me martyrisait. Les enfants de Touvier ne l'ont pas abandonné. Le fils de Mesrine jouissait, dit-on, parmi ses copains de classe du renom de son père, auteur d'un petit carnage terminé par le sien. Mais tant d'autres se sont soulagés dans le reniement. Comment les en blâmer ? Comment le supporter ? Il y a une limite au goût de vivre dès qu'il y en a une au droit d'être aimé.

J'avais beaucoup traîné l'après-midi. Dans une sorte de délire. Que faire, qu'attendre, qu'espérer de moi ? Rien, assurément. S'étaient succédé une longue prostration, puis la fuite, l'abandon de ma voiture au bord de la route, une errance dans les bois dont les tapis de jacinthes sauvages m'irritaient de leur parfum, enfin la tentation de remplir mes poches de cailloux pour mieux couler dans le premier étang venu. Mais je n'ai trempé qu'un pied dans l'eau. J'ai trouvé l'accident plus neutre, j'ai repris le volant pour monter à cent cinquante et me jeter sous un camion... Pensez-vous ! Mon bras non plus ne m'a pas obéi.

Au dessert je me suis levé brusquement pour aller vomir le peu que j'avais pu avaler. Comme je me dirigeais, en revenant, vers l'escalier, Bérengère, bras étendus, m'a barré le passage. Serrée contre moi, la bouche sous l'oreille, au ras du lobule, comme le faisait sa mère, elle a gémi :

— N'oublie pas que tu m'as.

— Et n'oublie pas, a repris l'oncle en écho, que tu es attendu dans le service de Flart à dix heures pour le scanner. J'aurais voulu t'accompagner, mais j'ai l'agent voyer sur les bras.

Marche par marche, je me suis hissé jusqu'au palier pour m'arrêter sans raison dans le couloir des posters où Bérengère en avait affiché de nouveaux : la nébuleuse d'Orion qui a l'air d'une houppette rose de vieille dame et celle du Sagittaire qui ressemble à un tubercule de topinambour. Dormir dans le lit de Nadège devenait sacrilège. La chambre d'ami offrait une retraite moins éprouvante, mais je n'ai fait que la traverser, farouche, excédé de moi, pour me retrouver sur la terrasse où, dans sa coupole qui n'avait depuis des semaines plus tourné sur son rail, chômait le Célestron. Je m'y suis réfugié, attendant que le ciel palpitant de martinets criards s'assombrisse au profit des hiboux, que s'y vrillent les premières étoiles montant de l'est, avec le vent, porteur de lointains abois. M'effacer dans l'attention prêtée à de vieux lumignons pouvait être une ressource.

Erreur ! La diversion ne jouait pas. Au noir parfait pointant sans conviction sur la Couronne — où curieusement la même nova s'est rallumée trois fois — je ne tardai pas à abandonner. Rien à faire. Autant d'étoiles, autant d'yeux. Autant de nuit, autant de deuil. Le ciel n'est-il pas un enfer qui a éclaté, un enfer qui s'est dispersé ? N'accorde-t-il pas rarissimement la vie, toujours menacée par ses bolides ? L'un d'eux, en 1991, n'a-t-il pas frôlé la Terre : s'il l'avait touchée, il aurait fait bien mieux que moi.

Je ruminais. Il n'y a pas si longtemps, Eric, tu te félicitais d'avoir fait le bon choix. Tu t'es trompé, tu as fait le mauvais. S'il est vrai que tout est dangereux, là-haut, c'est sur la plus longue des échelles du temps. En bas, ça l'est bien davantage, sur la plus courte. L'astro est infiniment plus tranquille que le bio. Quelle importance, s'il s'embrouille dans ses équations, s'il rate une observation ? Il ne guérira jamais personne, mais sa connaissance toute pure, sans profits, sans brevets, sans accidents, elle a autrement d'allure ! Elle chante le spectacle qui, à cette intention, créa ses spectateurs ! Et ce n'est pas ton petit boulot d'amateur, lui aussi raté, qui en a jamais approché. Ce coûteux télescope, à quoi t'a-t-il servi ? A t'en flatter. A te promener. A visiter ce zoo où le Lion ne dévore pas le Bélier, où l'Aigle n'attaque pas le Cygne ni le Dauphin les Poissons. Voyeur isolé, tu as ignoré les grandes communions des fous de l'oculaire, des bricoleurs de tubes, des mordus capables de grimper sur l'Altiplano, à quatre mille mètres, pour consacrer six minutes à l'éclipse totale de soleil de novembre 94.

Je ruminais. Je protestais. Qu'il ne restât rien de moi, soit ! Mais que l'épouvantable prix de ma recherche n'ait pas été payé en vain ! Il rêvait, le neveu, de remercier son oncle, de lui offrir pour ses quatre-vingts ans le vaccin Alleaume. Il porterait sans doute un autre nom, ce vaccin-là. Mais il existait bel et bien. N'en déplaise à Millesond, il était au point. Il n'était ni possible ni pensable qu'il le fût pour rien, qu'il aboutît seulement à son contraire : une extermination gratuite. Sur son œuvre Satan même a ses droits, garantis par la froide impudence de l'anonymat. Il suffisait, mais il fallait, il fallait qu'en restant efficace ce que j'avais trouvé m'épargnât le comble de l'absurde...

Vers minuit seulement je suis venu m'écrouler sur le lit de la chambre d'ami, d'un bloc, sans même avoir cru bon d'enlever mes chaussures.

XXXVI

Le marchand de plomb, non ; c'était plutôt le marchand de sable mouvant, où le rêve s'enfonce, refait surface, réveille à moitié le dormeur, puis replonge. Comme de juste je n'en ai retenu que la fin : l'ascension imprévue d'un scaphandre, gonflant, gonflant, devenant ballon, éclatant au contact d'une étoile filante, dispersé en morceaux, en membres désossés qui n'en finissaient pas de tomber.

Sur quoi ? Dans la vague minute où je me frotte les yeux sur l'injonction de la pendule, la chute reste ma vérité. De mon avenir, dont l'oncle Jé parlait avec un plaisir dans la bouche qui n'était pas sans avoir gagné la mienne, il ne reste qu'un passé d'orphelin, deux fois veuf et maintenant en train de perdre sa raison d'être. Seule issue : la démission, l'effacement dans la crainte du pire : le haro, la malédiction, le procès, les barreaux. Mais en pleine réputation, en plein succès apparent, quel prétexte invoquer qui n'éveille pas le soupçon ?

Lourd, gourd, je me suis levé, rasé, coupé au coin de la lèvre. L'oncle était déjà parti comme l'attestait une porte béant sur un lit hâtivement retapé ; Bérengère aussi, que Georges vient maintenant chercher presque tous les matins. J'ai dû écourter deux coups de fil : un de Fried, un d'Ohannès, tous deux sans doute alertés par Hélène et qui réclamaient des nouvelles. Ce qu'a de touchant leur prévenance, dans l'ignorance, accroît mon désarroi.

Mais il n'est que temps de rallier l'hôpital où, là

encore, le soin qu'on aura de moi est tout près de me paraître scandaleux. Il semble que la voiture, plus que moi, s'est chargée de m'y conduire. Il semble que l'autoradio cherche à faire du bruit pour m'empêcher de m'écouter. Beau fixe, annonce-t-on. Dans le ciel turquoise un soleil insolent réchauffe les cimetières que nous avons enrichis. A l'hôpital où je m'étonne d'être arrivé si vite, la place de parking libre est exactement la même : celle où je me suis garé pour gagner le service où s'éteignait Nadège.

— Le bâtiment de brique au bout de l'allée couverte, m'indique un planton.

La distance paraît longue à mon pas raccourci, à mon souffle sommaire. Il fait chaud. Mais derrière les doubles portes qui s'écartent à mon approche, il fait frais et dans le hall, où prospèrent des plantes vertes, la fille du secrétariat en a l'indifférence et la luisante santé :

— Vous avez rendez-vous ? Vous avez votre carte de Sécurité Sociale ? Vous avez la lettre de votre médecin ?

La lettre est cachetée : l'oncle ne me l'a pas lue ; pas plus qu'il ne m'a montré les résultats de mes analyses. La secrétaire appuie sur un bouton. Une infirmière vient me chercher, me conduit vers les cabines de déshabillage :

— Numéro 5. Vous enlevez tout, même le slip.

La cellule est si étroite qu'on s'y cogne les coudes. L'isolement vertical de cet étouffoir de deux mètres cubes d'air s'empeste du parfum de la patiente qui a dû me précéder. Enfin le panneau du fond s'efface et dans la salle de préparation m'accueille le regard froid d'une interne pour qui je ne suis pas un homme nu, mais un malade prêt pour l'injection de Télébrix. *Asseyez-vous. Détendez-vous.* Le rituel suit : repérage du bleu sinueux de la veine, toucher élastique du doigt, alcool, percée si preste de l'aiguille qu'elle en est insensible... Déjà ma salive prend un drôle de goût, la chaleur de l'iode flue dans tous mes canaux, tandis que survient Samuel Flart retrouvant notre tutoiement de potaches :

— Tu aurais pu te préoccuper un peu plus tôt de toi-même. Tu es bien le neveu de ton oncle qui n'avait jamais pris sa tension avant son hémiplégie.

A l'étroit dans sa blouse Flart semble aussi mal à l'aise que moi, enveloppé de ma seule peau et le sexe à l'air comme le nez. Il écourte :

— Allons-y !

Replié sur son tableau de commande et son clavier, il s'abrite déjà derrière la vitre au plomb tandis que l'interne m'introduit dans la pièce contiguë où trône l'engin et m'installe sur la couchette mobile. *Confessionnal de l'époque, le scanner lit en nous nos intimes défauts, mais respecte nos vices :* la boutade est de Jé, bien sûr. Le scanner respecte aussi nos secrets : il ne me trahira pas. La glissière bouge, m'enfourne dans l'appareil, amène un ventre dur au niveau de l'anneau de détection, l'explore tranche par tranche, cran par cran, dans un concert bizarre de déclenchements métalliques. Voyage avant, voyage arrière : Flart insiste. Puis tout s'arrête. Derrière la vitre de protection confèrent assez longuement trois blouses blanches. Une infirmière vient enfin me délivrer. Elle a une voix sans timbre :

— Rhabillez-vous, monsieur. Le docteur Flart désire vous voir ensuite.

C'est lui-même qui va venir me chercher au bout de dix minutes. *Il est en marbre* — autre expression de l'oncle — et n'arrive pas à plaquer dessus un laborieux sourire.

— Le plus simple, Eric, est que tu examines toi-même tes résultats.

Me précédant, effaçant l'épaule droite à chaque porte, il stoppe net devant l'écran lumineux d'affichage. Il baisse la tête comme si c'était de sa faute :

— Je suis désolé, Eric.

Inutile d'en dire en effet davantage. Un kyste ? Une hépatite ? Des calculs ? L'oncle ne demandait qu'une grâce : c'est que ça ne soit pas *ça*. Parmi d'autres images qui prophétisent plus ou moins la même chose, l'une d'entre elles, la plus nette, me fascine. Après verdict un condamné à la peine capitale dispose encore de la cassation, du recours en grâce. Moi, non. Le pronostic se confond avec le diagnostic : voici l'irréfutable annonce de ma mort. Cachant en partie la rate, mon foie envahissant est fleuri de rosaces floues qui sont autant de nodules. *Miserere mei, Domine !* Nous avons prochainement rendez-vous. Mes bons confrères de la thérapie génique commencent à réduire des tumeurs de souris, mais d'ici qu'ils s'attaquent à celles des hominiens mon squelette aura eu le temps de sécher : ce qui d'ailleurs est souhaitable alors que ma guérison ne l'est pas.

— Tes analyses le laissaient prévoir et le doute n'est guère permis. Néanmoins un sondage s'impose.

Oui. Nous serons couché sur le côté gauche. Nous sentirons s'enfoncer la grande aiguille creuse. Nous serrerons les dents. Mais laissons cela, allons à l'essentiel : ce que je sais, je veux me l'entendre dire :

— Ça me laisse combien de temps ?

— Six mois, au mieux. Probablement moins.

— Debout jusqu'à quand ?

— Difficile à dire. Il est plus avancé qu'on ne pourrait le croire en te voyant.

Il. En Amérique on l'appelle tout de suite par son nom. Pas ici. Le nom latin du comestible et vulgaire tourteau, venu de la mer, monté au ciel des constellations, redescendu sur terre pour y devenir le rongeur d'homme, Flart ne l'a pas prononcé. Soyons aussi inutilement pudique :

— Tu vois, Samuel, sur la pyramide des âges j'étais juché à mi-hauteur et l'oncle presque en pointe, là où il ne reste plus qu'un de nos conscrits sur dix. L'unité, pour une fois, bat son quintuple.

— Tu as du cran, dit Flart employant le présent au lieu de l'impératif pour ne pas me permettre d'en douter.

Je l'ai quitté très vite pour lui ôter l'envie de s'apitoyer, plus que moi-même, sur mon sort. Je roule, déjà étonné de pouvoir produire du mouvement. Il n'est pas nécessaire de me demander combien de kilomètres s'ajouteront maintenant de mon fait au compteur. Il n'est pas nécessaire de songer à mes dernières semaines, à l'état qui alors sera le mien. Il l'est de programmer mon reste. L'avantage des fins lentes — et certaines —, c'est d'habituer nos proches à un demi-deuil, de leur épargner le choc en l'effritant, de vous considérer comme un être en départ, à lui-même posthume. Le suaire, alors, se distingue moins du drap.

Belle formule, n'est-ce pas ? Pour vaillance nulle. En ce moment ce n'est pas à droite, c'est à gauche que je suis transpercé. A mon vieil oncle, recru de fatigue, affreusement déçu, je laisse encore une orpheline, mal protégée, livrée à un nouveau déchirement et sans doute à la honte qui lui viendra de mon nom. Mais taisons-nous, les mains crispées sur le volant. Le seul courage utile est de mettre mes affaires en ordre. J'ai devant moi un trimestre où je peux espérer ne pas être tout à fait une loque : c'est assez pour rédiger honnêtement mon dernier rapport : le plus pénible et le moins glorieux puisqu'en le laissant à mon notaire je m'abriterai dans mon cercueil de ses effets. A mon avis, de toute façon, d'ici la fin de l'année, l'absence définitive de Martin ne peut que susciter une enquête, menant comme la mienne à la vérité. Que feront les sages, alors ? J'en sais qui songeront d'abord à leur réputation, j'en sais qui voudront vouer aux Furies mon exemple.

Je roule. Fait sur mesures, mon scaphandre ne servira plus à personne : il deviendra peut-être, si le H.S. est fermé, un objet rare du Musée de la Peur, comme au Japon. Je roule. Les talus sont couverts de marguerites parmi quoi saignent des coquelicots. Moi aussi, lors de mon enterrement, je serai couvert de fleurs, quitte à l'être d'ordures la semaine suivante. Qu'importe ? Je ne le saurai jamais. Tout est bien, dans le pire : retraite anticipée, tout à fait motivée, sans démission suspecte, sans équivoque. Je me termine, je me tais, je m'éteins discrètement dans la satisfaction rare de disparaître. La Providence, parfois, a d'étranges aspects.

DU MÊME AUTEUR

VIPÈRE AU POING, roman, Grasset, 1948 ; Le Livre de Poche n° 58.
LA TÊTE CONTRE LES MURS, roman, Grasset, 1949 ; Le Livre de Poche n° 201.
LA MORT DU PETIT CHEVAL, roman, Grasset, 1950 ; Le Livre de Poche n° 112.
LE BUREAU DES MARIAGES, nouvelles, Grasset, 1951 ; Le Livre de Poche n° 3293.
LÈVE-TOI ET MARCHE, roman, Grasset, 1952 ; Le Livre de Poche n° 329.
L'HUILE SUR LE FEU, roman, Grasset, 1954 ; Le Livre de Poche n° 407.
QUI J'OSE AIMER, roman, Grasset, 1956 ; Le Livre de Poche n° 599.
LA FIN DES ASILES, essai, Grasset, 1959.
AU NOM DU FILS, roman, Seuil, 1960 ; Le Livre de Poche n° 1707.
CHAPEAU BAS, nouvelles, Seuil, 1963 ; Le Livre de Poche n° 2590.
PLUMONS L'OISEAU, essai, Grasset, 1966.
LE MATRIMOINE, roman, Seuil, 1967 ; Le Livre de Poche n° 2810.
LES BIENHEUREUX DE LA DÉSOLATION, roman, Seuil, 1970 ; coll. « Points-Roman », n° 811.
JOUR, poèmes, Seuil, 1971.
CRI DE LA CHOUETTE, roman, Grasset, 1972 ; Le Livre de Poche n° 3886.
MADAME EX, roman, Seuil, 1975 ; Le Livre de Poche n° 4707.
TRAITS, poèmes, Seuil, 1976.
CE QUE JE CROIS, essai, Grasset, 1977.
UN FEU DÉVORE UN AUTRE FEU, roman, Seuil, 1978 ; Le Livre de Poche n° 5367.

L'ÉGLISE VERTE, roman, Seuil, 1981 ; Le Livre de Poche n° 5724.

ABÉCÉDAIRE, essai, Grasset, 1984 ; Le Livre de Poche n° 6078.

LE DÉMON DE MINUIT, roman, Grasset, 1988 ; Le Livre de Poche n° 6879.

L'ÉCOLE DES PÈRES, roman, Seuil, 1991 ; Le Livre de Poche n° 9576.

LE GRAND MÉCHANT DOUX, nouvelles, Grasset, 1992 ; Le Livre de Poche n° 9786.

POÈMES, Seuil, 1992.

ENTRETIENS AVEC J.-C. LAMY, Stock, 1992.

Editions d'art

VIPÈRE AU POING, Ed. Hippocrate et ses amis, 1965 ; lithographies d'André Minaux.

LA TÊTE CONTRE LES MURS, Ed. Eliane Norberg, 1951 ; lithographies de Robert Fonta.

LE MIRACLE PRIVÉ, poème, Ed. Arts Graphiques, 1955 ; lithographies de Joël Picton.

VIPÈRE AU POING, LA TÊTE CONTRE LES MURS, LA MORT DU PETIT CHEVAL, LÈVE-TOI ET MARCHE, QUI J'OSE AIMER, LE BUREAU DES MARIAGES, Ed. Pierre de Tartas, l986 ; illustrations de Carzou, Steinlen, Brayer, Chapelain-Midy, Ambille.

TORCHÈRES, poèmes, Ed. Carrés d'Art, 1991 ; gravures de Steinlen, Fuchs, Nué et Louédin.

Composition réalisée par JOUVE

IMPRIMÉ EN FRANCE PAR BRODARD ET TAUPIN
Usine de La Flèche (Sarthe)
LIBRAIRIE GÉNÉRALE FRANÇAISE - 43, quai de Grenelle - 75015 Paris.

ISBN : 2-253-14002-3 31/4002/7

LE NEUVIÈME JOUR

Hervé Bazin est né le 17 avril 1911, à Angers. Les Bazin, fixés depuis deux siècles à Segré, en Anjou, n'appartiennent pas seulement à la littérature par René Bazin, grand-oncle d'Hervé : le grand-père de l'auteur, l'économiste F.-J. Hervé Bazin, a publié, sous le nom de Charles Saint-Martin, de nombreux romans.

Elevé jusqu'à l'âge de onze ans par sa grand-mère, Hervé Bazin a tardivement connu ses parents. Après des études mouvementées, sous divers précepteurs, puis dans cinq collèges, il entreprend une licence en droit à la faculté catholique d'Angers. Puis, à la suite de violents démêlés avec sa famille, il se sépare d'elle pour aller en Sorbonne préparer une licence ès lettres. Cependant, pour vivre, il doit exécuter des métiers divers, souvent inattendus.

Cette jeunesse orageuse s'apaise après la guerre. Hervé Bazin avec un groupe d'amis, dont certains sont aujourd'hui célèbres, fonde une revue, collabore à divers journaux, publie des articles et des poèmes, reçoit le Prix Apollinaire pour son recueil intitulé *Jour*.

En 1948, il publie *Vipère au poing*, qui obtient immédiatement un très grand succès.

En 1949, paraît *La Tête contre les murs*, dont on devait, dix ans plus tard, tirer un film; et en 1950 *La Mort du petit cheval*. Successivement, Hervé Bazin publie un recueil de nouvelles : *Le Bureau des mariages* (1951), un roman : *Lève-toi et marche* (1952), et un nouveau roman : *L'Huile sur le feu*, également porté à l'écran (1954).

Proclamé en 1955, à la suite du référendum organisé par *Les Nouvelles littéraires*, « meilleur romancier des dix dernières années », Hervé Bazin tient le feuilleton critique de *L'Information*, et publie en 1956 *Qui j'ose aimer*. Le succès de ce roman lui vaut de recevoir en 1957 le Grand Prix littéraire de Monaco, et d'être élu, en 1958, à l'Académie Goncourt.

Durant les années qui suivent, il donne notamment de grands reportages à *France Soir* et voyage pour l'Organisation mondiale de la Santé.

En 1960, Hervé Bazin publie *Au nom du fils*, puis en 1963 *Chapeau bas*, un recueil de nouvelles, et en 1967, un roman : *Le Matrimoine*, autre grand succès.

En avril 1970 paraît *Les Bienheureux de la Désolation*, roman parallèle à un fait divers qui, Outre-Manche, a défrayé la chronique et passionné les sociologues.

(Suite au verso.)

En 1971, il donne une deuxième édition de *Jour,* suivi de *A la poursuite d'Iris,* et il achève la trilogie avec *Le Cri de la chouette.*
En 1975, il publie *Madame Ex,* roman d'un divorce, au moment même où le Parlement doit se prononcer sur une nouvelle législation. La rencontre, nullement préméditée, suffirait à prouver l'actualité d'une œuvre que la presse a saluée avec éclat.
En 1976, il publie *Traits,* recueil d'épigrammes; en 1976, *Ce que je crois,* essai; en 1978, *Un feu dévore un autre feu,* roman; en 1981, *L'Église verte,* roman; en 1984, *Abécédaire,* essai; en 1988, *Le Démon de minuit,* roman; en 1991, *L'École des pères,* roman...
Élu président des Goncourt en 1972, membre du conseil d'administration du Centre national du Livre, Hervé Bazin habitait néanmoins en province où, marié et père de sept enfants, il entendait écrire « à l'écart des modes ». Son œuvre, considérée comme classique, traduite en trente-sept langues, figure au programme de français, en France même et dans plusieurs pays.
Hervé Bazin est mort en 1996.